中国散文60强

街与道的宗教

孙惠芬 / 著

北京联合出版公司
Beijing United Publishing Co.,Ltd.

图书在版编目（CIP）数据

街与道的宗教 / 孙惠芬著. -- 北京 ：北京联合出版公司，2024. 8. --（中国散文60强）. -- ISBN 978-7-5596-7796-9

Ⅰ . I267

中国国家版本馆CIP数据核字第2024BY4426号

街与道的宗教

作　　者： 孙惠芬
出 品 人： 赵红仕
出版监制： 张晓冬
责任编辑： 徐　樟
特约编辑： 和庚方　张　颖
封面设计： 立丰天

北京联合出版公司出版
（北京市西城区德外大街83号楼9层　100088）
三河市同力彩印有限公司印刷　新华书店经销
字数150千字　650毫米×920毫米　1/16　14印张
2024年8月第1版　2024年8月第1次印刷
ISBN 978-7-5596-7796-9
定价：65.00元

版权所有，侵权必究
未经书面许可，不得以任何方式转载、复制、翻印本书部分或全部内容。
本书若有质量问题，请与本公司图书销售中心联系调换。
电话：17710717619

"中国散文60强"丛书

编委会

丛书总策划

  张 明 著名出版人

编委主任

  邱华栋 全国政协常委

       中国作家协会副主席、书记处书记

编 委

  叶 梅 中国散文学会会长
  陆春祥 中国散文学会副会长
  冯秋子 中国作家协会原社联部副主任
  吴佳骏 《红岩》编辑部主任
  张 英 资深媒体人
  文 欢 作家、资深编辑

中华散文的文脉与发展

——"中国散文60强"总序

邱华栋

中国是诗的国度,亦是散文的国度。

穿越千年时空,从明清至唐宋,再由魏晋南北朝至两汉先秦一路回溯,汉语言文学中的散文实乃根深叶茂,硕果累累。无论是"唐宋八大家"之雄文美文,还是骈俪多姿的辞赋,以及名垂史册的《史记》《左传》,均为中国文学史上的璀璨明珠。"散文"与"诗"一道,成为中国文学的"嫡系"。尽管,后来从西方引进嫁接技术所催生的"小说",大有"喧宾夺主"之势,终究还得"认祖归宗",血脉和基因是无法改变的。

在中国散文流变历程中,曾出现过两次鼎盛期。一次是被文学史家所公认的"先秦散文"时期。其时,伴随着春秋时期的思想解放,诸子蜂起,百家争鸣,一大批散文家以饱满的气血、驳杂的学识和破茧的精神,创造出了散文的繁荣和辉煌局面,对后世产生了极大的影响。

到了"五四"时期,中国散文迎来了第二次鼎盛期。白话文如劲风激浪,吹刮和涤荡着神州大地。沉睡的雄狮醒来了,偃卧的小草开始歌唱。许多学贯中西的进步文人,肩扛文化变革的大纛,冲锋陷阵,掀起了一波又一波的新文学浪潮。《新青年》上刊载的散文,犹如一束束亮光,不但给人以希望,还给人以力量。"五四"以来的散文作品,无论是观念和主题,还是形式和风格,都跟以往的散文迥然不同。最具代表性的,当属鲁迅先生的散文(包括杂文),其刚健、凌厉的文质,疗救了中国散文长久以来颓靡不振、钙质疏流的顽疾。此外,周作人、郁达夫、朱自清、萧红、沈从文等一大批作家的散文创作亦各具特色,呈一时之盛,影响深远。

时代的前行催生了文学的发展,然而文学与时代有时并不同步甚至充满了"张力场"。"五四"的个性解放虽然催生了一批个性鲜明的散文精品,但这样的生态并未持续多久,中国散文的波峰出现了向低谷滑行的趋势。有论者指出,"散文在50年代既是对解放区散文文体意识的放大,又是对五四散文文体精神的进一步偏离。这种放大和偏离表现在个体性情的抒发让位于时代共性或者时代精神的谱写,政治标准优先于艺术标准,批判性为歌颂性所取代等诸方面。"(董健、丁帆、王彬彬《中国当代文学史新稿》)1960年代初,散文创作一度出现了活跃,"专业"从事散文创作的作家群凸显出来,刘白羽、杨朔、秦牧相继登场,迅速成为散文界的三位名家。但他们的作品后人评价褒贬不一,认为其中颂歌式的写法较为单向,这种模式化的写作,不但对散文的建设毫无益处,反而扼杀了散文的个性和神采。

"文革"十年,中国散文更是一片凋零和荒芜,乏善可陈。1970年代末,一些历经浩劫的作家开始复苏,解除思想枷锁,重新拿起笔来写作,中国散文才又凤凰涅槃,焕发生机。加之各种文学刊物纷纷复刊和创刊,以及大量西方文化读物的译介出版,更为这些饥渴、桎梏太久的散文作者提供了登台亮相的舞台和瞭望世界的窗口。

1980年代初期,伴随改革开放的热潮,思想解放大旗招展,文化随之繁荣,诸多承续"五四"精神的作家以笔为旗,抒发胸中压抑既久之块垒,出现了一批抒情性质浓郁的散文,使得现代散文这块"百花园"芳菲争艳,蔚为大观。特别是1980年代中期,随着作家主体意识的不断强化,中国文学开始呈现出一个崭新局面,作家从"集体意识"中抽身而出,重新返回"个体",注重对生活的体察和内在情感的表达。这一时期,散文的艺术性得以强化,文本的精神内涵和表现空间得以拓展。

进入1990年代，社会发展日新月异，城镇化进程锐不可当，文化领域亦呈多元格局。各种文学思潮相互碰撞，人文精神的讨论更是打开了作家们的创作思路。"大散文"概念的提出，引发了散文界对散文的内涵和外延的重新讨论和界定。风靡一时的"文化散文"热，成为文坛上一道靓丽的风景。"新散文""原散文""后散文""在场散文"等散文流派"你方唱罢我登场"，争奇斗艳，各领风骚。

及至二十世纪末，一批深具先锋意识和文体自觉的新锐作家，像一头公牛闯入瓷器店，使散文天地发生了激烈的碰撞和变化，形成一股新的散文潮流，提升了散文的审美品质和精神向度。

纵观1978年至2023年四十多年来，中华大地在"改开"的黄金时代中，社会生活奔涌激荡，各种思潮风起云涌，散文创作更是云蒸霞蔚、气象万千，涌现了众多成就斐然、风格各异的散文作家和具有思想深度、艺术上乘的散文作品。岁月的流水冲走了枯枝败叶和闲花野草，中流砥柱却巍然屹立。时间留住了新时代的散文经典，经典在时间的长河中绽放光芒。以沙里淘金的经典散文向"改开"的时代致敬，是我们不可推卸的责任和义务。

别看散文的门槛貌似很低，要真正写好，却实属不易。优质散文是有难度的写作，它不但需要作者的智识、胸襟、眼界、修养和气度格局；更需要写作者的态度、立场、慈悲、良知和批判勇气。遗憾的是，散文创作繁荣和光鲜的另一面，却是大量平庸甚至低劣之作的泛滥，不但败坏了读者的胃口，而且造成了物质和精神的极大浪费。散文作家层出不穷，散文作品汗牛充栋，可真正能让人记住的散文佳构却凤毛麟角。

散文要发展，文学要前行。发展和前行就要从平庸的樊篱中突围。在突围的过程中，散文作家不可太"聪明"，不可太世故，要永存对文学的敬畏之心。一言以蔽之，散文的尊严来自散文作家的尊严。也可以说，要想散文繁荣，首先需要有一批人格健全，品德高尚，铁肩担道义的散文作家。什么样的人写什么样的文章。特别是写散文，最容易看出一个作家的内在品质和境界涵养。一个人格不健全的人，哪怕他作文的技法再高妙，也很难写出撼人心魄、抚慰灵魂的散文来。作家精神品质的高低，直接决定其作品的精神向度。

为了散文写作的突围和发展，为了建设独具特质的当代散文，也是为了更好地从经典散文中汲取营养，我认为有必要正视和重申一些常识性的思考。高头讲章的理论是灰色的，常识之树却蓊葳常青。

一、作家的个体精神决定散文的优劣。常言道，散文易学而难攻。难在什么地方，不是难在技巧，而是难在作家个体精神的淬炼上。倘若作家的个体精神不够丰富，不够深刻，不够清澈，纵使他手里握着一支生花妙笔，也写不出令人称赞的散文。那么，如何才能做到个体精神的丰富性呢，这就要求作家时时刻刻不背离生活，要知人情冷暖，体察人间百态，关心民瘼，有忧患意识，不要做生存的旁观者。一个冷漠甚至冷酷的人，是不适合从事散文创作的。

二、真诚是确保散文品质的基石。散文创作跟作家的生存经验息息相关，可以说，真正优质的散文，无不牵连着作家的血肉和心性。作家的喜怒哀乐，悲欢离合，都或隐或显地暗含在他的作品中。假如在一篇散文作品中，读者既看不到作者的体温，又看不到作者的态度，那这篇作品或许就是失败的。说明这个作者在他的作品中"说谎"或"造假"，缺乏真诚之心。作家一旦失去真诚，为文必定矫揉造作，作品也必定会失去生命力。因此，真诚是散文的"生命线"，也是"底线"。

三、个性是促进散文生长的养料。人无个性便无趣，文无个性便平质。当下，每年都会诞生数以万计的散文篇章，但能够让人记住，且读后还想读的作品并不多，何故？概在于这些数量庞大的散文，无论题材，还是语感都千篇一律，像是从"模具"中生产出来的，缺乏辨识度。散文要发展，必须要求作家具有"个性意识"。"个性意识"不是标新立异，更不是哗众取宠，而是一种"创新意识"和"审美意识"。但凡在散文创作方面被公认的那些大家，都是"文体家"，他们以自觉的写作实践，开创了散文写作的新路径。不合流俗方能独步致远，推动散文的建设和繁荣。

当然，以上几点并非创作散文的圭臬，谁也没有资格去为散文"立法"。

散文是自由的创造，散文精神即自由精神。我之所以提出来，仅仅是希望引起散文同行们的重视和参考，共同为中国当代散文的发展尽力增光。

我们策划、编选"中国散文60强"（1978—2023）的初衷，旨在对新时期以来的中国散文创作作出梳理、评价和选择，试图精选出风格各异的代表性散文作家，以每位一部单行本的形式，呈现出中国新时期优质散文的大体样貌。此项目的发起人为资深出版人张明先生。多年来，他一直追求做高品位的纯文学书籍，也曾连续多年与中国散文学会、中国小说学会合作，出版年度《中国散文排行榜》和年度《中国小说排行榜》。2023年他策划出版了《中国小说100强》，反响不俗。身处喧嚣、纷杂的环境，能以如此情怀和心力来为文学做如此浩大的工程，不能不令人钦佩！

感谢张明先生邀请我和叶梅、冯秋子、陆春祥、吴佳骏、张英、文欢组成编委会，共同遴选出60位作家。我们在召开筹备会的时候，即将作品的思想性、艺术性、代表性以及影响力作为编选的基本原则。在确定入选作家名单时，我们认真商讨，反复研究，生怕因为各自的眼力、审美和趣味之别，造成遗珠之憾。好在我们的工作得到了作家们的积极回应和鼎力支持，惠风和畅，大地丰饶。

60位入选的作家，既有令人尊敬的文学大家，如孙犁、张中行、汪曾祺、史铁生、邵燕祥、流沙河、刘烨园、宗璞、贾平凹、韩少功、张炜、梁晓声、阿来、冯骥才等。这批散文大家的作品，文风质朴、清朗、刚健，充满了"智性"和"诗性"。无论他们是写怀人之作，还是针砭时弊，歌咏风物，都有着鲜明的文化立场和审美取向。他们或出入历史，借古观今；或提炼人生，洞明世事，输送给读者的都是难能可贵的"精神营养"。

也有被散文界公认的名家，如李敬泽、王充闾、马丽华、周涛、冯秋子、叶梅、筱敏、张锐锋、周晓枫、于坚、鲍尔吉·原野等。这些作家的散文作品，特色鲜明，风格独特，诚挚内敛，从内容到形式，都作出了各自的探索和尝试，为当代散文注入了活力。从他们的作品中，我们不但能够领略汉语之美，更可以借此反观生活与存在，寻找人之为人的价值和尊严。

还有散文界的中坚力量和青年才俊，如彭程、谢宗玉、江子、雷平阳、任林举、塞壬、沈念、傅菲、吴佳骏、周华诚等。从他们的作品中，我们见到的，不只是中国散文的文脉传承，更是自由精神的张扬。他们文心雅正，笔力锋锐，不跟风，不盲从，始终保持着独立的思索和判断，在各自所开辟的散文园地中精耕细作，以崭新的姿态参与和推动当代散文的变革。

其实，细心的读者不难发现，入选本丛书的老、中、青三代作家都有个共性，即他们均在以自己的作品审视心灵，心系苍生，弘扬真善美，鞭挞假恶丑，充满了正义感和人道主义精神。这自然与时下众多书写风花雪月，一己悲欢，充塞小情趣、小可爱的散文区别开来。正是因为有他们的存在，中国当代散文才呈现出一幅绚丽多姿的长卷。

需要说明的是，有些重要的散文家，如张承志、余秋雨、王小波、苇岸、刘亮程、李娟等人，由于版权或其他不可抗原因，未能将他们的作品收录进来，我们深以为憾。

我们还要感谢北京立丰天文化传播有限公司的资金支持，感谢北京联合出版公司的精心编校，他们慷慨和无私的义举，对于繁荣中国当代散文创作、对于赓续中华优秀散文文脉、对于中国新时期的文化积累，均具重大价值和意义，可谓善莫大焉。这套丛书的出版意义将同《中国小说100强》一样，旨在给读者以经典的指引，这既是一项重要的原创文学工程，同时也是助力推动全民阅读和研究传播文化的公益工程。

郁郁乎文哉，中国散文有幸！

是为序。

2024 年 5 月 12 日星期日

（作者为全国政协常委，中国作协副主席、书记处书记）

目 录
Contents

第一部分：街与道的宗教

002 ｜ 街与道的宗教

005 ｜ 东山岗

013 ｜ 老　宅

018 ｜ 院　子

027 ｜ 后　门

032 ｜ 屋檐下的小道

042 ｜ 前　门

053 ｜ 粪　场

064 ｜ 前　街

076 ｜ 场　院

087 | 小夹地

097 | 南王庄

105 | 南甸子

112 | 小　镇

123 | 制镜厂

138 | 坟　地

第二部分：创作杂谈

142 | 由悲喜交加带来的思考

144 | 令人忧伤的情境

146 | 在迷失中诞生

150 | 情感地理

153 | 我的日常

155 | 野地的呼唤

157 | 女人的家

159 | 马车上路

162 | 存在感

164 | 后颈的表情

166 | 与经典相遇

171 | 回到零点

174 | 有心的道路

第三部分：论坛

180 | 历史与文学

189 | 在街与道的远方

195 | 让自由心灵穿越疆界

200 | 写作中文　异域文学

205 | 我身边人的救赎

第一部分：街与道的宗教

街与道的宗教

不知道从什么时候起,好像有一些年了,只要是午睡,只要是在透过窗玻璃的日光下午睡,一闭上眼睛,总能看见一个地方,那个地方有一个荒秃的山岗,山岗下边,散落着一些草房人家,草房人家前边,有一条凹凸不平的土街,土街前边,便是一片菜地,一片稻田,一片原野。这样的地方在我眼前出现,必然是喧闹的秋天,必然晃着金灿灿的日光,必然贯彻着鸡鸭畜类混杂的声音,必然走动着奶奶、父亲、母亲以及哥嫂亲人们的身影。而我,正是在这喧闹的季节里,在大人们中间,在日光下,扎撒着两个朝天锥似的辫子,房前屋后没命地疯跑。

在房前屋后疯跑,是我在日光下午睡必然光顾的场景。日光下的午睡,根本不是什么午睡,而是一次与童年的约会。这样的约会,发生在正午,是因为正午的寂静。由日光而呈现的寥远的寂静,更接近乡村的情境。我在这样寂静的正午,看到了我的童年,童年的秋天、马车、田野、疯跑在土街上的我……可是,常常是,跑着跑着,一个激灵，突然地，就醒了过来。当我从与童年的会面中醒来，心里，会不由得掠过一丝疼，那种丢失了什么珍贵宝物，再也找不回来了的疼，于是，我热泪盈眶……其实这疼，是在刚闭上眼睛，一触及那样一个闹攘攘的地方时，就隐隐感到了的。因此，多少年来，我既盼午睡，又怕午睡。盼午睡，是盼温习真正的童年时光，怕午睡，是怕触及了那个地方、那段时光。因为那样一个与地方有着联系的童年绝不会再来。

我不知道，是不是每个人对时光流逝的感受，都要通过一个独特的场景，也不知道，是不是在每个人的内心深处，灵魂深处，都有着那样一个地方，它让你看到你在这个世界最初的模样，看到你与这个世界最初关系的缔结和形成，从而，让你无时无刻不在逃离它，让你在逃离的同时，又无时无刻不在怀念它，怀想它。

反正，我是这样。眼前的村庄，就是我无时无刻不在逃离，又无时无刻不在怀想的地方。它是我的出生地，叫山咀子。我在以往的作品中，凡写到故乡，都以十里洼相称，因为从海边小镇到山咀子，要走十里土道，而这十里土道的路程，是一程一程洼下去的，是一点点走向了盆底儿，走向了一个很小的地方。我在虚构的作品里，尊重了个人对故乡的真实感受，却不难看出，是站在了小镇人的角度，是以走出者回头看的眼光。实际上，山咀子在我童年的生活中，向来就不低洼，也不狭小，它的每一块坡地，每一道土岗，每一条道，都足够大，足够高，也足够长，我在那里生活了二十多年，穿行了二十多年。就像至今也无法弄清，究竟从哪一天开始，一午睡就能看见童年的乡村一样，时至今日，我一直没有弄清，到底是哪个时辰，算作是我对故乡的真正告别。是大哥在乡下为我操办了一场结婚宴席之后，用130汽车把我送到小镇婆家那天吗？是在此之前，接到通知，到省文学院上学的那个春天吗？是考到小镇制镜厂当画玻璃画的工人那一天吗？还是更早的什么时候？我无法弄清，反正我离开了它，且越走越远。

如今，我已经四十岁了，身体上与这里的分离已有二十多年，可谓在外面经得了风雨见得了世面，也许正因为如此，再次站在家乡的东山岗上，觉得坡地不再那么大，街也不再那么长，岗也不再那么高了，这里的地真是小得不能再小，街短得不能再短，岗矮得不能再矮，几乎可以算作破落、荒凉；眼前的世界，让你怀疑它还是不是童年那个偌大的世界。不过，我知道，对于我，它是不是那个世界似乎并不重要，重要的是，我的心中，是否还盛装着童年里那个大得不能再大的世界。

东山岗

　　山咀子没有山,却要叫山咀子,大约就因为这个岗了。这个岗其实也不是什么岗,一个土坡而已,然而就像一个没有大悲痛的人手上割一道小口也能叫上半天一样,一个没有高山峻岭的地方,将一个土坡称作山岗实在没什么不可以。山岗一东一西,隔着两个屯落,东面的屯落叫八里庄,是相对青堆子小镇而言;西边的,因为岗中间劈开了一条道,像张开的嘴巴,人们就叫它山嘴子。在山岗西边,有特点的地貌到处都有,比如屯子北边有一块地,中间高两头低,人们叫它罗锅腰,比如罗锅腰旁边有一块地一节高一节低,人们叫它二节地。人们为什么不把岗西的屯落叫罗锅腰或二节地,而叫山咀子,这一点,从小到大没有人告诉我。我曾问过父亲,问过奶奶,他们都说不知道,说亘古就这么叫。他们不知道山咀子为什么叫山咀子,却知道山咀子原来不叫山咀子,叫过周山咀子,又叫过李山咀子。这是山咀子街上老辈人都知道的事情。土改前,山咀子有个大地主,叫周志官,有房有地有长工,周志官之前,有个叫李蠓山的大地主,有房有地有长工。

谁统治山咀子，山咀子前边就加了谁的姓。我的堂姐，至今还住着周财主时代的黑砖黑瓦四合院，叫于家大院。这种说法，对我没有意义，因为他们还是没有说清山咀子为什么叫山咀子。我想，大凡地名，有一些是有历史渊源的；而另外一些，只是当事人信口开河而已，就像奶奶崇拜孙中山，就把她的重孙子，我的侄子取名叫孙永科，因为孙中山的儿子叫孙科。她一生喜欢听梅兰芳的戏，她就给我的侄女取名叫孙笑青，因为梅兰芳唱了一辈子青衣。山咀子这个名字的由来，一定属于后者，是当事人因了自己的心愿信口开河。因为山岗子上那条形成了嘴子的这条道，是通向小镇、通向外边唯一的道。上学之后，我在课本里，知道道也叫路，或叫道路，但在乡下的时候，我和村里人一样，在心里只认道而不认路。我是说，当事人信口开河把岗西的屯落叫成山咀子，一定是表达了他对这条通向外边的道的崇拜，不然没有任何可以解释的理由。

因为东山岗咀子上的这条道通向小镇，我老家山咀子屯里的每一条街，则都通着这条道了。仿佛一个有钱有势的权贵，四方散住的人家都要巴结它。它一个急坡从山岗下来，穿过屯子前边直往西去，它在前街与东山岗中间，又岔出了后街，岔出了通向山咀子学校和大队的土道，岔出了通向东山岗后边人家的东山街，岔出了通向生产队粉房的粉房街，还有一些人家，是孤零零的房子，既不在前街，也不在后街，也不在东山街，这样人家的房前或墙外，必有一条小道伸出来，九曲回转之后，急匆匆地与之相接，仿佛只有相接了，孤零零的房子才不孤伶了。

我在很小的时候，常为我的家乡叫山咀子感到害臊，觉得这是一个很丑的名字，有龇牙咧嘴的意思，还有穷的感觉。山嘛，有山的地方怎么能不穷？穷还不要紧，还要咧着嘴。记得刚上学时，老师问我是哪个屯的，我支支吾吾脸都涨红了，就是张不开嘴，同学们一个个都理直气壮报了自己的屯名，什么于屯、唐屯、下河口、小王屯、徐炉、八里庄，我看着他们，心里眼气死了，到最后不得不说出山咀子，同学们蓦地哄堂大笑。同学笑我，是因为我终于憋出一句话，而当时的我，却以为都是"山咀子"三个字惹的祸。那时，我对爹妈把我生在山咀子这个地方隐隐有些不满，并且感到自卑，下课跳格子踢毽子，从不敢往外屯同学跟前凑。当然，这种自卑感只跟了我一年，一年后，当我学会了加减法，能够很痛快地算出一百以内的数字，父亲领我到小镇集市卖猪崽，我才知道，山咀子，在我的童年时代，是十里八村最富裕的屯子。

父亲带我卖猪崽，并非真的需要我算什么数字，只为宠我——父亲一生就我一个女儿。也为让我为他领路——父亲五十岁开始，就双目失明。父亲一进集市，就大声招呼，山咀的猪崽儿，山咀的猪崽儿，快来看呵。正为父亲说出了那样丑陋的地名不安着，买猪崽的人们轰的一阵，就围拢过来，说看哎，看山咀子猪崽儿，多龙兴，毛多黑，腿多长。人们一边嚷着，一边就将一条条猪腿提起来，于是你一头我一头一抢而空。卖完猪，父亲把我放到车座前梁，一翩一翩离开了集市。我能知道父亲的骄傲，十九只小猪崽的价钱都是我算出来的，父亲却不知道我的骄傲，山咀子在外人眼里，竟然有这么高的威望，连猪都不一样！

不再因为山咀子这个地名而自卑的我，在后来的日子里是个什么样子，我似乎已经忘了，但对山咀子东山岗的感情，对东山岗上那条道的感情，一直记忆犹新。对道的感情，自然影响到对岗的感情，因为道在岗上，道和岗无法分开。我最初对东山岗的感情，是因为一座庙堂。山咀子的庙堂，就建在东山岗靠北的断壁上。劈道，必劈出断壁，断壁的土质是沙白的，有着饼干一样的颜色。其中夹杂的沙石，颇像老式饼干中的砂糖。我喜欢庙堂，倒不是庙堂背后的沙石像饼干，而是在我刚记事的时候,那里是大人孩子最热闹的去处。大年三十,家家户户都要打着灯笼,排着长队,在庙堂前放鞭磕头,请祖宗回家过年。那时,我才只有三四岁,我跟在哥哥们后面,集中精力在鞭炮声中寻找祖宗踪迹,大人们说,要请的祖宗不是活着的人,他们只是一缕烟。而端午节和八月十五,又要跟母亲到那里烧香烧纸祭鬼神,这时,我要抱着厚厚一沓黄纸,跪在母亲身边,听母亲一遍又一遍乞求上天的保佑。其实不管是请祖宗回家,还是祭奠跪拜,都不能直接给心里带来快乐。小时候,逢年过节,最直接的快乐,是吃好穿好又可以不干活。可是,因为这快乐的到来总要有个仪式,这仪式又总要到庙堂这样的地方,庙堂在我心里,也就留下了最美好的印象。

在我小时候,最热闹的日子,还不是逢年过节,而是谁家死人。那时,我并不知道死了人有多么不好,也并不知道人们手里拿着彩纸扎的花棍,高举灵幡,一遍一遍去庙堂跪拜,是为了给亡灵报到。就像人生下来都要到民政局报户口一样,人死了,也要有一个隆重的仪式,要敲锣打鼓吹喇叭,到庙堂给亡灵报到。那样的热闹,往往要持续三天三夜,东山岗的庙堂前,此时,就是一个剧场,一个戏台,鼓乐声震天动地。我夹在看光景的孩子们中间,夹在披麻戴孝的人群里,拼命地钻来钻去。应该承认,我在那样的三天里并不轻松,且没有一点实质性的收获,因为死了人的宴席,小孩子是不许参加的。然而,我却觉得获得了无比巨大无比隆重的快乐,因为村里一死了人,大人们就变了,变得异常平和,再也不是一看你疯跑就揪住你的耳朵大光其火,他们常常柔和地看着你,显得极有耐心。最重要的是,当屯街上响起经久不息的锣鼓声、鞭炮声、喇叭声、哭声,我会觉得我身上仿佛充进一股气儿,我像风筝那样飘起来,鼓胀胀的,直往天上去。

如同好多年来,我和我的乡亲们,都不知道山咀子为什么叫山咀子一样,好多年过去,我一直不知道那样热闹的庙堂为什么要建在东山岗，而不是北山岗或西山岗。多年之后，我的奶奶去世，庙堂已经不在，大哥和堂哥们，却仍然要在东山岗虚设庙堂给奶奶报到，我才明白，这似乎同样来自建庙人对于道的崇拜，它通着小镇，通着外边。当事人一定希望亡灵在升天之前，到小镇，到外边更远的地方去溜上一圈，然后再一去不还。或者，当事人认为，升天之灵，必从这条道出走，才会真正走上通往阴间的康庄大道。

一九六六年，东山岗断壁前的庙堂轰然坍塌，当时只有五岁的我，还不能懂得，是人们自动毁掉它，更不能懂得驱使人们自动毁掉它那股力量，正是来自外边，来自山岗这条道通着的外边。值得庆幸的是，盛满了最巨大也最隆重的快乐的庙堂坍塌了，我童年的快乐却没有坍塌。只是它不再那么巨大、那么隆重了。它不是某种氛围和气势，也不需要人群的烘托，它一点点变成我一个人的事情了。它因为变成我一个人的事情，显得纤弱、单薄而绵长，如蜘蛛吐出来的丝线。它最大的好处，是每天都要来到我的心中，而不像死人的事，再热闹也不会经常发生。

它依然来自东山岗这个地方，依然与山岗上那条道有关，它是以静默的方式出现的，这与庙堂前的热闹完全不同。它一点都不热闹，是静默的，是孤独地守护着的，是不能与别人分享的。它看上去是在等待，但一点都不熬人，似乎等待愈久，心底那股快乐愈是强劲。常常要在下半晌，太阳烧饼一样吊在了西天，那股快乐便渐渐从心底的某个部位脱颖而出。只要感觉到它脱颖而出，我便从家悄悄走出来。如果是冬天，就走过长长的院墙，如果是夏天，就从后门口窜出，走过短短的屋檐。不管前门后门，最后都要来到山岗下的土道，都要走上东山岗，在那里静静地眺望——

我在等待大哥。大哥在青堆子小镇上班，是当时山咀子在小镇上唯一的工人。知道大哥在沈阳读过两年技校，是小镇上无人不晓的汽车、拖拉机修理大拿,还是后来的事情。事实上,山咀子的威望之所以在十里八村那么响亮,就因为出了大哥这样有影响的人物。我等待大哥,盼望大哥下班,其实是愿意看到大哥骑自行车走进家门时,给奶奶、父亲、母亲及大嫂带来的欢喜。他们难以掩饰的欢喜,让我幼小的心灵,体会到了一种类似骄傲的情绪。那骄傲很像后来跟父亲到集上,了解到山咀子在外面的威望时,涌起在心底的骄傲,却又不完全相同。集市上人们对山咀子的高看,只存在记忆里,不细想还好,越细想越觉得飘忽。而奶奶、父亲、母亲、大嫂看大哥走进家门时的样子,是那种生了根的,是那种不用细看,一瞥之间就能长出叶开出花的。

从对一个热闹场合的热衷,到独自的、对大哥下班回家的盼望,其实跟庙堂的坍塌毫无关系,这只是时间的巧合。在我六、七岁的年龄,我已经懂得体会大人们的心情,我的快乐来自父母、大人们的快乐。大人们在一天的活干完之后,由一个让他们骄傲的人的回来而荡起的心底的快乐,不自觉间就影响了我。

大哥给他们带来快乐,是怎样积蓄着我心底里对大哥的盼望,这一点只有我自己知道。我站在越来越烧红了半边天的霞光里,远远地向着八里庄眺望。那里也有一个山岗,那个山岗不断地晃动着一些身影,那些身影都是慢慢悠悠的,如一头老牛。大哥不会是这样,大哥一出现,就如箭样飞快,因为大哥骑着自行车。那时候在我的老家,没有几个人有自行车。终于,大哥出现了。大哥的车子骑得很稳,但也能感到是箭一样飞快。大哥迎着彤红的霞光。霞光——是我在那样一个默默的盼望中永恒的景色,即使偶尔碰上阴雨天气,它也是那样明晃晃地映着我的眼睛。大哥迎着霞光向我骑来,穿过八里庄的小河套,越过河套边的土岗,向我站着的东山岗骑来。这时,当我发现大哥已向东山岗骑来,我会蓦地转过身,飞也似的冲下山岗,向家跑去。我的心跳到了嗓眼,我满头满脸都鼓荡着因跑动而带起的风。我跑回家,却并不大喊大叫向大家报告消息,我深深喘息一会,而后缩在后门口。如果是冬天,就缩在院子里,在那里屏息敛气,再一次静静地等待。这一次的等待,有着玩味的意思,欣赏等待的意思。有时,大人们正忙,不会看到大哥的身影,但有一个声音,他们是无论如何都能听见的,那就是大哥放自行车时咔嚓的一声。那一刻一旦降临,我便挨个去看大人们的脸。这响脆的一声,是我后来听到的所有音乐合到一起,都无法达到的一种美妙。奶奶和父亲一样,性格外向,一瞬间,笑爬满了眉梢,而母亲和大嫂比较含蓄,没有表情,但干活的脚步却嗖嗖地快了起来,我的心底,顿时汪出了一罐蜜……

东山岗带给我盼望的快乐,一直持续到上小学一年级。后来,我的二哥、三哥,都在大哥的努力下,走出山咀子,到小镇当上了拖拉机手,他们常常把拖拉机开到东山岗,开到家门口。走出去的人多了,大人们的骄傲粗壮起来,也就粗糙起来,如同细粮吃得多了,香也不觉得香了。走出去的人多了,我的盼望,也不再是纤细的丝线了,我动辄就在大门口喊,大哥回来啦——二哥回来啦——这种虚张声势,因为过早、过多地释放了快乐,使他们真正到家之后的快乐大有所减。但得承认,这又是别一种滋味的快乐了,当声音通过耳畔震动了草垛、院墙,一种为天地所接受的响彻云霄的震撼,会使我浑身的汗毛瞬间耸立。

可是,没有多久,一件事发生了。这件事的发生,将东山岗带给我的快乐,从我童年的生活中彻底抽去,如同一株焰火从我正烤着的身边抽走。那其实不是冬天,是与冬天对立的夏天,抽走焰火,是说一种感受。那一天是阴天,天上下着细细的雨丝,我和奶奶坐在后门口屋檐下择芸豆。我们择着择着,就听东山岗传来哭声。它先是细细的,如山鹰的歌唱,后来,当声音一点点逼近,就变成了呼天号地的恸哭了。出于好奇,我站起来撒腿就往外跑,见我跑,奶奶在后边大叫一声，小兔崽子，你给我站住。我站住，回头看奶奶，只见奶奶手撑地面，趔趄着站起，一颤一颤走上前，将我搂住说：孩子，不去，你不能去。我愣愣地看着奶奶，不知道发生了什么。这时，我听到了我熟悉的声音，母亲的声音。母亲的哭声在此之前，我其实是从来都没有听到过的，但不知为什么，我一下子就感觉到那是母亲的哭声。当听到母亲的哭声，我猛地挣脱奶奶，向道边跑去。跑到道边，我看到了这一生都不想再看的场面：母亲、大舅母，正披头散发趴在马车上，马车上蒙着一些长长的白布。大舅母哭不出声，身子一抽一抽，只有母亲的声音穿过空气，在屯街上回荡。

尽管当时，我还不知道死的人是我的大舅，不知道我的大舅因为熬不住逼供，跳了水库，但因为是第一次见到母亲哭，第一次见到自己的亲人因死了亲人哭，我的心顿时抽筋一样疼痛起来，猛一回头，扑到奶奶怀里。

奶奶并不是确切地清楚大舅真的死了，来人把母亲叫走时，只说大舅出事了，奶奶当时喊我，是突然间的预感。奶奶预感到大舅出了人命，怕我受不了打击。长大后，奶奶这样跟我说。是这一次，我知道，死人的事也会降临到自己身边，它一旦降临自己身边，降临亲人的身边，你的心便会抽筋一样疼，并因了这种疼，你再也不觉得热闹，再也不觉得好玩，它往往越热闹、越叫你受不了。也是这一次，我第一次看到，从东山岗那条通往外边的道上走回来的，不只是快乐，还有悲恸、恐怖。

从此，一个孩子与一个道口的感情，便遭了雷击的蛛网一样，彻底地断掉了。

从此，一个孩子长大成少年。

老　宅

　　这就是我家的老宅,是我进进出出近二十年的房子。现在,你能够看到,它已经相当破旧和衰败了。那天,为了写这部书,小镇上的大哥开车送我回到这里,我几乎不敢相信我的眼睛。正房还是原来的正房,院墙还是原来的院墙,厢房还是原来的厢房,甚至猪圈的位置,偏厦的位置,厕所的位置,都没有变。可是到底变了什么?

　　我是我们兄妹四个当中,唯一生在这里的人。我出生的时候,这里还是崭新的。在此之前,我们家住在前街于家大院,就是现在仍被堂姐住着的,大地主周志官留下的大院的西厢。父母在那里生了九个孩子只活了三个。奶奶年老后一直跟母亲过,七十年代中期,有一场奶奶离开母亲去二娘家的风波,它差一点毁了母亲、奶奶、二娘三个人。这都是后话。八十年代,母亲养育的三个儿子都娶媳成家,人口猛增到十八口,父母在这里统领着十八口人的大家庭,一直过到一九八一年,父亲又在院子前边盖了六间房子,二哥三哥每人三间,将他们分出去。大哥大嫂以接受了侍候奶奶、父母为代价,从父母手中移交了当家作主的权力。

这是一份相当沉重的权力，为此我永远感谢我的大嫂。

这个大院，自从被父母住过，一直有着兴旺发达的迹象，二哥三哥从这里走出，我从这里走出，到了大哥大嫂时代，大侄子侄女又从这里走出，在小镇上开车，当工人，挣着不菲的工钱。院子里的厢房，即是大哥大嫂时代的产物，新主人新生活要有新的气象，大哥便在院子里盖起了倒置平房，乡下人叫楼座子。这是山咀子这片土地上第一幢盖起的楼座子，多少年来，我的大哥总是不断地在山咀子创造第一，第一个买半导体收音机、第一个安电灯，第一个在家门口打压水井、第一个买电视。刚买电视那阵，每天晚上，这个院子里都像放电影一样聚满了乡亲。我是说，楼座子盖起之后，外墙上粉刷淡绿色涂料，在屯子里简直成了一景。

这时，奶奶已经去世，父亲50岁双目失明，盖完新房后又得了脑血栓，右侧身子瘫痪并失语。经治疗父亲能走动时，第一件事就是用手去摸楼座子的一墙一角。后来，一九八九年，大哥又弃掉拥有乡村一景称号的孙家大院，第一个将乡下的家迁往小镇，父亲知道消息，一次次号啕大哭。父亲的哭，不仅仅是为了楼座子，还为整个一个大院，这里装满了他的气息、他的生命。

大哥将父母和全家人搬走后，房子有了新主人，他叫李开英，我们叫他四哥，一个印象里相当忠诚厚道的人。他也三个儿子，在他没买大哥的房子之前，谁也没想到他会有这个念头，因为他确实不是一个能一下子拿出一万两千块钱的人。他的日子一直很苦很累。但是，他真的买了，他一次性将钱摆到大哥面前，这令大哥以及屯里所有人都惊诧不已。很显然，促使他下这么大决心的动力，就来自于孙家大院多少年来兴旺发达的气象。在山咀子，当时很少有人会怀疑这个院子的风水和气象。李开英四哥刚搬过去，就给三个儿子们分了家,连同买这个房子借下的债务也一分为三。那时三个儿子只结婚一个,最小的儿子才十几岁。十几岁的孩子,还不曾阅历真正的人生,那个承载着债务的真正的人生就悄悄地伏在了他的背上。他的父亲这么做,却没有一点压力和不安,因为那个想象中发达的日子就在前边等着他。

谁知,当孙家大院变成李家大院,疾病便如被人捅了窝的马蜂,四处飞散无孔不入,先是做父亲的闹病,后又是大儿子闹病。当做父亲的斗不过顽固的病敌,抱憾离开人世,他的二儿子也得了肝病。十几年来,李家父子母子及媳妇在与疾病、与疾病笼罩的日子顽强地抗争中,一点点溃散了对昔日孙家大院的信心,他们越来越执着地相信了一种说法:这个院子的东厢房破坏了风水。说自古以来,厢房必须比正房矮,尤其东厢。东厢房高了,欺主。

大哥在院子里盖的楼座子,确实比后边的房子高,因为它释放并凝固的,正是大哥日子一日日兴旺发达后高昂的心情。这种说法,没办法不征服院里的主人和院外的邻居,因为人们稍加思考,就不难想到我父亲的病。父亲后来偏瘫失语,就是在这楼座子盖起之后。厢房欺主的恐怖仿佛一片黑云,重重地压迫着李家大院,使李家的后人们慌不择路。大儿子靠做民工挣的钱,早早就到外边盖了房子,二儿子肝病缠身,吃药欠了一大笔债务,再加上没结婚就分来买房子的债务,盖不起房子,就在山咀子最南边的一块地里打起窝棚,躲避欺主的幽灵。

在这个衰败的院子里,我有幸见到了李家的老二,他当时正在他分得的房子里归弄杂物,见到我赶紧迎出来。他叫李生军。在我还在乡下的时候,他才是七、八岁的孩子,满脸的稚气。如今,他面色蜡黄,嘴唇干裂,衣衫不整,已经是饱经忧患的老者的神情了。跟我讲述他的生活时,他流出了浑黄的泪水。他说因为肝病,去年差一点丢了命，躺了一年，自从到外面盖了窝棚，才一点点爬起来，才能干点简单的活路，但想上外面出民工挣钱是不可能的。他说，眼看着这么一排房子闲起来，怎么说也不甘心。我问，那么不如把厢房拆了，既然相信是它破坏了风水。生军眼里边的泪花顿时雾一样散开，仿佛我的话是一缕难得的风。他说，谁说不是，可是俺家老三和俺妈坚决不同意，倒找钱都不行，那厢房是老三分的，他现在和俺妈住在厢房里。

这时，我才记起，我叫四哥的人走了，还有我的四嫂呢。前些年回来，在厢房里，曾见到过她和他的小儿子儿媳，她比以前胖多了，说话声音依然响脆，对日子很知足很有信心的样子。当时，我不敢相信我的感觉，怎么说她也是一个母亲，一个母亲看着自己的儿子如此艰难。怎么会无动于衷？堂姐说，她就是心宽体胖那种人，愁在心里。现在我想，她不答应拆迁房子，是不是欺主的东厢房影响正房的风水，却十二分地有利于住在厢房里的主人呢？或者，他们根本没有条件再做迁移，毕竟小儿子下学晚，又才娶了媳妇，或是别的一些有关清官难断家务事的原因，比如三儿子不移，做母亲的没有办法？

这一回，我没有见到我的四嫂，我无法弄清楚真正的原因。我甚至有些怕见到她，怕弄清真正的原因。因为不管是哪一种原因，都是我不想看到的。

不管怎样，昔日在我眼中的三个孩子，如今已为房子的事闹得不可开交，几乎形同路人；不管怎样，昔日在我的生活里无比繁荣昌盛的孙家大院，如今已经荒芜得没有一点人气。

过日子的气象，离不开人的创造，人创造的一切，又反过来影响着人。我不敢肯定地说，老家大院的衰败，真的与那个高出正房的楼座子有关，我只深信一点，没有不败的美景，如同没有不散的宴席。兴与衰，成与败，本是人间常事，是历史的必然，生活的法则。只是这样宏观的法则，作用到微观某个家庭，某个人的某一段日子，便要生出悲剧和喜剧，便要生出痛苦和幸福，承受和消化，便成了每个弱小生命抵抗那个必然法则的永恒。

院　子

在我的老家，在山咀子，过日子的气象，不是从房子上的质量体现的，不是从人的穿着打扮体现的，它甚至不是这一切的总和。你穿的总是比别人强，你锅里的菜总比别人油水多，你的房子是瓦房而不是草房，但这并不意味着你的日子有好的气象。在山咀子，过日子的气象，是通过院子体现的。院子，包罗了这样一些景致，院墙、草垛、猪圈、鸡窝鸭窝、院坑水沟，也就是说，只要你有一个结实周正的院墙，你的门口有一个永远也烧不完的草垛，你的墙里，有一个宽敞、带棚的猪圈，你的墙边，有不碍眼却又很正规像样的鸡窝鸭窝，你的庭院中央，有石砌的方正的院坑，有能将院子里的积水及时排掉的水沟，你即使穿得很破，吃得很差，房顶没瓦，也没人笑话。

这一应构造，之所以体现了主人过日子的气象，是说它透露的是主人内在的东西，是兴趣、心情、精神。它不需要金钱等附加条件，它透出的是人的精神，如同一个身中枪弹的人在战场上仍能威武英勇所向无敌。当然，更关键的是，它在细节上，从根底里，透露了主人对生活的热爱。院墙垒出的，是眼睛里的美感，草垛里深藏的，是身子底下的火热，猪圈鸭窝里展示的，是对生灵的尊重，院坑里积攒的，是给庄稼的营养，水沟里流走的，是阴天下雨的烦恼。它们是院子里的全部，是院子之所以成为院子，也是庄稼人住家过日子的全部。真正的庄稼人，不讲吃不讲穿，讲的，就是这样的日子，所谓过日子，也便是指在院子里一日一日投注的精力、心力、时光。

如今，没有人为这院子投注精力、心力、时光，这院子怎么还会有以往的气象呢？

这个院子，真正兴旺的时光，还是父母当家作主的时代。大哥大嫂在这里虽然日子过得红火，但他们很快搬走了，那红火只是他们的最初，他们更大的红火是到了小镇以后。父亲母亲从奶奶的大家庭分出之前，从周志官留下的于家大院搬出之前，日子是什么样子，我无法知道，我唯一知道的是，在这个不足二百平方的院子里，他们投注的，是他们的整个生命。尤其我的小脚母亲，在鸡鸭窝前忙活，在草垛与院子间走动，几十年里，几乎很少走出院子。

在我童年的印象里，除了夏天到河套里洗衣服，秋天到场园里扒苞米，年头岁尾，回姥姥坟地烧香烧纸，母亲真的很少走出这个院子。母亲不走出这个院子，并不意味不走道，我常常早上一睁开眼睛，就看到母亲颤微着小脚，扎着围裙在院子里走，瘦小的身影风一样一飘一飘。

我们家的院子，有着许多只属于母亲的道，从堂屋到猪圈，从堂屋到鸡窝鸭窝，从堂屋到院坑边，从堂屋到门口草垛头，从堂屋到偏厦装秕谷的囤子旁。这些道都通着堂屋，堂屋是起点，又是终点。它们在院子里会合，然后伸出去，伸到门口草垛边，院墙外，伸向东山岗攒下来的那条道。它们在院子里会合，如同村子里许多街和道都与东山岗攒下来的那条道会合一样。但母亲的道只通到草垛边就终止了，草垛外边的道，不属于母亲。那是父亲、奶奶、哥哥嫂子和我的。母亲的道没有坡，没有岗，没有任何标志和痕迹，它们几乎就是院子的全部，却有着怎么也扫不净的鸡屎、鸭屎和泥泞。因为院坑的积水，总要被鸡鸭带到院子里。母亲用来蹚道的鞋面，便常年沾满烂泥和屎粪；如果春天积雪融化，秋天细雨纷纷，母亲的鞋，便里里外外都是湿的了。

在我家的院子里，还有一条母亲的道，它在屋子里，它与堂屋隔着母亲的屋，二嫂的屋，三嫂的屋，是我们家最最东边那个闲屋。它一面通着住屋，一面通着院子，因为这间屋单独开了门。尽管只是一间屋子，这间屋子里的道却是无限地长，要多长就有多长——那是常年用来推磨的磨道。

那时候，还没有粉碎机，一日三餐吃的苞米，都要用石磨推出来。推磨的，当然不是人，是驴子，是生产队专门用来轮流给大家推磨的驴子。可是，我们家是大户人家，人吃得多，养的畜类又多，驴一个轮回推出的苞米根本不够吃，人推磨便成了经常的事了。显然，推磨的活，只能是我和母亲。那样的日子，母亲歪扭着小脚，一步一步，真是叫人心疼。即使有驴推，母亲也要在磨道上一圈一圈收着磨碎的面子和糁子。这样的劳动，往往是一周一次，一次一个上午。一个上午，推出一大笸箩面子和糁子，将面子和糁子用粗箩和细箩箩出粗粮和细粮，要耗掉母亲推完磨之后一个星期的闲暇时间。也就是说，几乎没有哪一天，母亲不是在东屋磨道里打发时光的。能够伴随母亲并偶尔帮帮母亲的，也就是幼小的我了。

在我十几岁的时候，母亲已为三个哥哥娶上媳妇。有了三个媳妇，做了三个媳妇的婆婆，这样一些活路，是要分给三个媳妇做的，可是不知为什么，母亲全揽在了她的身上。我的奶奶是封建家长制的典范，从小受四书五经熏染，最是讲究婆尊媳卑、男尊女卑，颇看不上母亲这种扎撒着小脚，大包大揽的样子。奶奶常常借别的由头指责母亲：看你那小老婆调儿！小老婆，妾的意思，奶奶说的小老婆调，是说母亲没有婆婆威风。据说，奶奶做婆婆时，可是抖尽了威风，除了主持家里家外的大事，比如添粮卖车，喂猪喂鸡的活路是一律不管的。奶奶的话，母亲听着，就像没听见一样。奶奶其实高抬了母亲，母亲哪里还有什么调儿！母亲从来不接话，也从来看不到委屈。

母亲虽是乡下人，却也算得上大家闺秀，我的姥爷曾在警察署做过警察，后来又做了署长，其聪明能干远近知名。他一辈子只有母亲一个女儿，对母亲很是娇宠，母亲的忍耐，只是性格使然。母亲不委屈，我可是有些委屈，我想，凭什么三个媳妇不分着干？那时候，家庭会上曾有规定，三个媳妇，每人一轮做十天饭，闲下的二十天，除了上山干活挣工分，还要帮婆婆推磨喂猪。我对这个规定牢记不忘，每天放学回来，都密切关注着闲班的两个媳妇的动向。我人在东屋帮母亲箩面，耳朵却侧棱着，去倾听外边的声音，听上山干活的嫂子回没回来。如果她们回来了，我就假装到院子里撵鸡撵鸭，或者到猪圈边打猪，意思是，猪鸡鸭还没喂呢。然而，除了大嫂，二嫂三嫂根本不理我，二嫂不是端盆衣服上河边去了，就是放下家什抱孩子回娘家了——三嫂的娘家是城里下放户，就住在粉房街。二嫂则常常一进家就躺到炕上，关上她的屋门，直到吃饭再下地。这太不公平了，我不知注视了多少天，不知被这种不公撞击了多少次，有一次，我终于忍不住，我拿起笔，用我学会的有限的几个字，给大哥写了封信。嫂子们不帮母亲干活，我不写信给嫂子，却是写信给大哥，因为每一次的家庭会，都是他主持的，那些规定，是通过他说出去的，就像当时毛主席的指示是通过广播员说出来的一样。记得我的信很简短，就两句话，大意是，妈太累了，嫂子们太不像话！我的意思是说，是因为嫂子们没执行家庭会上的规定，妈才那么累，最好再开会强调强调或者批评批评。我把信揣在兜里,放学回来,一边帮母亲干活,一边抻脖望着东山岗,等着大哥的回来。

这是我来到这个世界学会写的第一封信,它是我少年时期对爱和恨最明确的一次表达,我表示了对母亲的爱,对不公的恨。可是,这样一封信并没交到大哥手中,因为不久,就发生了一件事,三哥和三嫂吵了起来。

那是一个晚上,三嫂屋子里先是轰隆轰隆响,好像是什么东西撞在墙上,后来就听三嫂声音传出来,是尖锐的能够穿透墙壁那种。三嫂说,凭什么你不干叫我干,你是儿子,你为什么不干,男女平等嘛!我哆嗦了,我能听出,是三哥希望三嫂多干活,就像我希望的那样。

我那样的希望会引起如此大的纠纷!

父亲忽地从被窝爬起来,坐不住了,推母亲,你听,打起来了。幽暗的灯光下,我能感到母亲也哆嗦了,但很快,母亲就平静下来,母亲穿上衣裳,委下炕,一步步推开二嫂的屋门、三嫂的屋门,当母亲推开三嫂屋门,只听母亲说:小胜子你给我下来,你觉得你孝顺是不是?你要是孝顺恁妈,你给我闭嘴!恁妈干点活能累死吗!母亲的话音炸豆子一样干脆、响亮,是我从没听到过的那种,我从不知道母亲会那样说话。

母亲的话果真好使,争吵戛然而止,只是母亲返回身的时候,三嫂又大喊一声,男女平等,凭什么儿子不干叫媳妇干!

三嫂的这句话,让我深深震撼了。是啊,都什么时候了,为什么叫媳妇干,不叫儿子干,你儿子白天在小镇上班,媳妇白天也在大田干活呀。我为我的那封信感到后怕,感到脸红,是那种跟不上时代的后怕和脸红。这一点可是太重要了,男女平等,那是毛主席教导我们的啊。记得撕掉它是第二天,是在门口草垛空里,我在一片一片撕掉它时,向天上猛地蹿了一个高,排除了脚下地雷一样万般庆幸。

紧接着，又一场战争发生了，是父亲和二嫂。原因是父亲嫌二嫂吃中药的药费太多，报销不起。那是上山干活的人们回家休息的时候，二嫂正在高桌上吃凉苞米粥，就听父亲在院子里说，有病，吃饭怎么不耽误，花那么些药费，吃饭为甚一点不耽误？二嫂听到父亲的话，眼泪哗一下流出眼角。二嫂摔了筷子，边哭边说，别的病耽搁吃饭，妇女病能耽误吃饭吗？

接连的两场争吵，给家庭带来了无比紧张的气氛，但暂时地，解决了我心里边一个较大的问题，那便是，三嫂不干活，是为了追求男女平等，二嫂不干活，是因为得了妇女病，她们都是有道理的，至少是有原因的。她们有了原因，我心中替母亲生出的不公，就在削弱，好像她们的原因和母亲的原因，是一个箩里的面子，她们的多了，母亲的就少了。可是，随着跟随母亲在院子里一遍遍地走动，我又渐渐陷入困惑，母亲也是女人呀，她怎么没有妇女病？她和谁去讲男女平等？

我没有被困惑长久缠住，因为不久，我有了新的发现。

这个发现是在晚上。每到晚上，母亲只要干完活上炕，便侧耳静听。哪个屋子，略微有点风吹草动，她就忽一阵爬起，脸顿时聚满愁容。母亲从没有这么紧张过，好像她的日子从此不会再有安宁。

母亲新添的紧张，让我看到：只有和睦才是母亲最想要的，要想孝敬母亲，就要顺着母亲，孝，不如顺，而顺母亲最应该做的，绝不是帮母亲在家庭中争什么公平，而是像她说的那样，闭上嘴。

这是一个了不起的发现，这样的发现改变了我后来的人生。在我十来岁的时候，是这个发现，叫我学会了压抑自己，学会小心翼翼观察奶奶、母亲、父亲、哥嫂以及周边所有成年人的生活。长大后，我读过英国女作家多丽丝·莱辛的许多小说，她在一篇小说的自述里写道：我所熟悉的那些作家，或者我曾读到过他们生平事迹的作家，都有一个共同的特点,一个紧张压抑的童年,使他们很早就被迫获得了自我意识,不得不学会如何去观察成年人,去估量他们、去理解他们心中的真实想法……那些不断观察每个人的孩子,他们已经获得了最佳的初步训练。莱辛的话,让我为我后来走上创作道路找到了最初的成因。

我在默默的观察中度量着身边一个又一个人的心理道路。

我在尽着我的孝道,只要有时间,就帮母亲干活,在磨道上转,到草垛边拿烧火做饭的草,到猪圈边帮母亲提猪食桶,不厌其烦地跟在母亲脚后,走在那条属于母亲的道上。我在心里,却走着一条另外的道,这道通着大嫂、二嫂、三嫂帮母亲或不帮母亲干活的原因,这条道不像伸在院子里的道,走起来只需用脚无需用脑。它不但需要用脑,还需要用心,它需要你弄清嫂子们的身世、家境、经历,弄清她们为什么愿意来到我的家里,成为我家的外姓人——奶奶在一次指责母亲小老婆调时,称嫂子们外姓人,奶奶说,怎么能叫外姓人随了便?

只要有机会与母亲单独在一起——事实上我们常常单独在一起,我就问她有关三个嫂子的事。这是我在童年时期跟母亲最最正式的谈话,有一些采访的味道。母亲起初并不搭理我,以为我会像三哥那样搬弄是非,她回敬我最便利的一句话是:小孩子打听什么!然而,时间一长,见我总是忠心耿耿跟在她的后边,又毫无搬弄是非的迹象,母亲便在箩面的时候,断续地向我讲述了三嫂二嫂和大嫂。她的顺序不是大嫂二嫂和三嫂,而正好相反,足见当时让她琢磨最多的人是谁。母亲说,你三嫂是下放户子女,是大连城里人,又是四个闺女中最小的一个,才十八岁,人家能嫁给咱家,都因为她家成分不好,听说她爸早年是小业主,就是地主的意思。人家一个城里孩子,从来没干过庄稼活,没过过庄稼院的日子,结婚到咱家,做十几口人的饭,还要上山干活,不是要了人家的命!母亲说,你二嫂,一小就死了爹妈,姐弟五个,在孤儿院长大,没干过庄稼活不说,连饭都没做过,人家看上你二哥，是因为他会开拖拉机，人又老实，人家哪知道这老实人后边，有这么一大家子！没有爹妈的孩子，哪有人疼！你看见没，她一身的病。母亲说，你大嫂就不一样，她是在花院公社的穷山沟里长大，还是老大，身下七八个兄弟姊妹，一小就出来在船上当工人，帮她爹养家糊口，她当然能吃苦能下力，长眼色又懂礼节。嫁给你大哥，为了咱家，人家工人都不当了，一心一意到咱家过日子，在咱家里，妈最亏的就是你大嫂，可妈没有办法，只有在心里记着。

母亲所说的有关三个嫂子的情况，除了大嫂、二嫂三嫂，我是有一些了解和记忆的。

有一年发大水，三嫂娘家在粉房街被淹，曾搬到我家东屋住过，就是那时，三哥和三嫂形影不离开始了恋爱；有人向二哥介绍二嫂那天晚上，二哥从栗子房跑回来，在月光下向父母讲述时，好几次都提到二嫂的孤儿经历。可是，奇怪的是，母亲不提到这些，我根本想不到这些，我就像一只身材矮小的小狗，只能看到大人们的腿和脚的局部，而看不到全身。母亲的讲述，不是客观的，带有明显的主观感情，但正是母亲主观的引导，才使我拥有了母亲的态度，母亲的立场和胸怀，使我在弄懂三个嫂子帮和不帮母亲干活的原因时，时不时地，走进三嫂、二嫂、大嫂的内心。我把我想成她们。于是，我获得了无数条意外的道，它们通着大连，通着栗子房，通着叫花院却又是山沟的地方。这些地方，我都没有去过，只能依靠想象，可是恰恰因为想象，心里的道通向了无限。我从母亲的院子无数次走出，走向那些地方，又无数次从那些地方返回，当我返回时，便获得了无限的帮母亲干活的力量。

这对我可实在是太重要了，这使母亲在院子里辛劳的走动变得不那么辛劳了。我是说，母亲也许还是辛劳的，但我不觉得她辛劳了，不觉得母亲辛劳，自然也就不再替母亲委屈，也就觉得母亲所做的一切，都是应该做的。那时，我还不能知道，这是理解、宽容的力量，母亲正是拥有了这样的力量，才在属于她的那条道上无怨无悔地走了一辈子，才一辈子守候在院子里，守候着奶奶、父亲、哥哥嫂子和我一次次从外边返回的这条道的终点。

她是我们的终点，却是我们真正的起点。

那时，我同样无法知道，是母亲的引导，使我很小就习惯关注人的心灵的历史，而忽视心灵外边那个时间的历史，致使我日后长大，一翻史书就想睡觉，对我们身后那个时间的历史永远无法提起兴趣。

后　门

这是我家的后门,在山咀子,所有的人家都有这样的后门而没有后窗。这样的后门,一般要设在房子正中那间,所谓堂屋。每年冬天,上冻之前,为了防寒,都要用稻草和土坯把后门挤上,稻草贴紧木门,土坯贴紧稻草,土坯外边,要严严实实抹一层用稻草丝搅拌起的黄泥。

我家的房子,不在前街,不在后街,不在粉房街,也不在东山岗,而独自在东山岗下来那条道的南端。也就是说,后门冲着的,正是那条贯穿前街的大道,以及道北那几户被人们叫作东山岗的人家。其实,这地方,并不只我们家六间房子,我们的老房子,如现在这样,西侧连着好多房子,大约十几间,有二娘家的房子,生产队的房子。说它独自,只说这地方没有被划进哪条街,人们惯常的叫法,是老孙家那块儿,或者,生产队那块儿。因为我家的后门,连着二娘家的后门,连着生产队的后窗,还便捷地连着前街后街,站在我家后门口,又能看到从东山岗下来的车马行人,挤后门的日子,便是我童年里最最沮丧的日子。那种沮丧的情绪,往往因灌到冷飕飕的风里,有着冷飕飕

街与道的宗教　｜　027

的样子。要是听到东山岗来了拖拉机或大解放，从前门绕出，需要疯跑，才勉强能够看到拖拉机的背影；而送走那些不近人情的车们，返身回家，早已将后门挤上的事忘得一干二净，咚咚咚顺后边的道跑到屋檐下，一面黄泥墙立在眼前，由跑动带起的冷风顿时反弹出一眼的酸楚，仿佛被丢在荒野再也找不到回家的路。

挤掉后门的感觉，真的就是被丢在荒野上的感觉，被挡住了眼睛的感觉。一切美好的东西就在眼前，却怎么也摸不到它，抓不到它。其实，我在面对黄泥墙生出的酸楚里，更多的，是觉得一个昨天还在眼前的东西，转眼间没有了，任你怎么抓摸，就是抓摸不到了。那个昨天还有的东西，究竟是什么？

这样由感觉而带来的疑问，在我童年的心灵里，每一年都如期而至。但是你一点也不用急着去找答案，因为随着时间的推移，随着猛不丁与泥墙撞个满怀的次数越来越少，疑问便恍如一缕炊烟，自然就消失在天空中。剩下的，便是一颗童心对春天的盼望，对又一个开后门的季节的等待了。

疑问消失了，盼望出来了，盼望其实正是疑问的延伸，那盼望的事情，其实刚好能够回答疑问。我是说，那个恍如昨日还在的东西，原来只是一个暖和的季节，是万物都在疯长的季节。那个暖和的季节，早在第一缕秋风刮起之前，就一点点离开了我们，只是后门为它做了一个仪式，在时间上给人带来突然降临的感觉而已。

挤后门，真的就是对昨天美好时光的一次告别。我在很小的时候，就感到了这告别的酸楚和沮丧，直到盼望从心底慢慢生长出来，才一点点明白，悲的后边，原来掩藏着一个巨大的喜。没有被丢失到荒野上的难过，又怎么能有柳树发芽时节的欢呼雀跃？那真是让人难忘的时光呵！

往往是一过了年，我就没完没了地问父亲，什么时候开后门？父亲说，清明。我问，什么时候清明？父亲说，南河套柳枝抽芽。于是，我就在出了正月的二月里，一遍遍往南河套跑，去看柳枝抽没抽芽。每一次往河套跑，心里都装了蜜似的，即使柳枝没抽芽，也并不失望，因为柳枝迟早会抽芽，就像每晚在东山岗望大哥一样，虽然需要等待，但那等待并不熬人，反而等待的时间愈久，内心储蓄的快乐愈强劲。终于，柳条的枝丫上，钻出了嫩绿的芽芽，恍如豆虫的眼睛。当一双眼睛扎进另一双眼睛，我的欢乐一瞬间就顶上了嗓眼儿。我狠狠亮出一嗓子，发——还不等说出芽字，就已经岔了声了。

可是，柳枝当真发芽的日子，并不就是开后门的日子，父亲只是宏观地用柳枝发芽来指向春天。我亡命地跑回家的结果，是没到清明。而另一些时候，我正等待着，柳条还没发芽，回家一看，后门已经打开了。发芽不清明，清明不发芽，这真是一件骗人的事情。然而它骗人却不恼人，反倒让你在期盼外边，留着一份意外的惊喜。比如，在南河套往家走的路上，你心里会想，说不定后门已经打开了呢。没打开，属于正常，打开了，便算是偏得了。

在我童年印象里，开后门的日子，是比过年还要喜的大喜的日子，年就三天，三天很快就过去了，而由后门打开的日子，是打开了一个春天，一个夏天，一个秋天；由后门打开的日子，是怎么过也过不完的。假设开后门的时刻是白天，赶上我在家，就一定要站在房后屋檐下，看双目失明的父亲，用手摸索着，将那一块块垒上去的土坯，一块一块搬下来，细细地品味这就要到来的时刻。搬走的土坯露出了稻草，稻草在夹缝里趴了一个冬天一点没有冻坏，稻草迷离的缝隙里，露出了天蓝色的木门，木门比稻草厚，上边却冻出雪白的霜花。看见了木门，我便急不可待地跷着脚，拿一只木棍往上敲。这时，就听门里母亲或是奶奶喊，听见啦，听见啦。当父亲把土坯搬下大半，哐当一声，后门就打开了，就露出屋里黑幽幽的光亮。从屋外看屋里，总

街与道的宗教 | 029

是黑幽幽的，不那么亮，但这不要紧，我会飞快转身，从房檐下绕去，绕到前门，从前门再跑进堂屋。进了堂屋再往外看，半个门口的亮堂简直胜过了无数颗太阳。太阳的光芒就一层，而从后门射进来的光芒无数层，密密麻麻，有着一个深远的隧道，完全是又一个人间的模样。

又一个人间，这是开后门这一天给我带来最真切的感受。我在这一天张罗得不知姓什么了——奶奶曾对我这么评价。然而，这么大喜的事，还不待两天过去，我便觉得不那么喜了，本来在后门没开之前，一直觉得由后门打开的喜悦是漫长的，过不完的。可是当这样的时刻真正到来，我便看到了又一个事实——有打开，就有挤上，打开的时间再长，也总能过到挤上那一天。这种想法，不是凭空到来，它伴着挂在房檐下那只柳条筐里的咸鸭蛋的一天天减少，它因鸭蛋的减少而到来。每逢清明，母亲总要分给我和侄子们一些鸭蛋，那是母亲为我们攒了一个冬天的礼物，也是疯了一样盼望开后门的一个说不出口的原因。这些咸蛋，从打开后门这天开始吃，一定是越吃越少，即使再不舍得吃。鸭蛋的由多至少，预示着开后门日子的由多到少，于是，吃进嘴里臭中泛香的鸭蛋，便在心底泛出了甜中带苦、喜悦中夹杂忧伤的滋味了。于是，真正的打开后门的日子，并不像想象那样有多么快乐了，它好像只是盼望着的快乐，它只是对不可知的日子，满怀憧憬的快乐，一旦打开了预知的日子，并且是那种减法的预知，后门口打开来的，便是喜中含悲的情绪了。

悲喜交加，这是后门的打开与关闭带给我的性格弱点吗，还是这原本就是我性格中与生俱来的东西，只不过后门帮我识别了它，认清了它？不得而知。多年之后，当我发现，我总是能在大喜之时，触摸大悲的存在，并因此而永远不会有忘我的快乐投入的快乐，我对自己，生出了难以说清的恐惧。毕竟，人的生命只有一次，急匆匆来人世间走了一遭，连忘我的快乐都不曾有，多么不幸！不过，我也时常想,如果没有我对事物正面即反面的敏感,如果没有我对祸兮福之所依,福兮祸之所伏的敏感,如果不是有一个总在大喜的时候触摸大悲的存在的性情,是否还有我眼下的写作生涯呢?可是,我又时常想,即使没有我眼下的写作生涯,而是像歌星那样唱歌,像影星那样演戏,像商人那样打造一个品牌,像鞋匠那样打造一只鞋帮,又有什么不好的呢?

也许,有些道,是在你没出生之前,上帝就为你安排好了,你只不过不知道而已。你因为不知道,懵懂地往前走,于是,你,或者别人,就认为那是你走出的道。

屋檐下的小道

不管是悲是喜，后门打开了，日子打开了，就得过下去，实际上，只要过下去，悲喜参半，如同在热水里兑了冷水，冷热参半，未必不是一种滋味，未必不是人生的真正滋味。

房后的春天是在后门打开之后才到来的，槐树开始泛绿，百合开始冒头，道士莲钻出酱紫色须芽，尤其靠道边那条土坝上的金雀梅，不等它身边的各种树木和花草长叶，就开起了金黄色的花。它根本不长叶，仿佛要是忙着长叶，就抢不到最先开花了。其实，直到今天，我也不知道它到底是什么花，由谁栽到坝上去的。它的花是甜的，糖一样甜，它只要含苞，我和二娘家的五哥，侄子们，就争抢着去把它撸到嘴里。它可并不像想象那么好撸，满身都是刺，一不小心，就会把手扎出血。所以，即使抢，也要小心翼翼，不然就要付出血的代价。那是春天里最最甜美的大餐了，一直甜到了心坎里。金雀梅被吃光，就下来槐树花，槐树花是吃不光的，只是吃着吃着，它就谢了，然而这时，当你发现槐花蔫了头，榆树叶又钻出来了。接着，毛桃子，樱桃，小面梨，酸姜，鬼子姜，香椿叶，一个接着一个，一直能吃到初秋，当樱桃树旁边的白杨树流下一身的蜜水，挤后门的日子也就到了。所以，我常常觉得，我家的后门，是一个老实忠诚的观众，而后院的小树林，却是一个喧闹的舞台，树们花们在那里你方唱罢我登场，风情万种争奇斗艳，其实只演给了后门这一个观众。作为一个空洞之物，后门是怎样欺骗了那一片花草树木呵！后门的老实厚道里，其实藏着不易察觉的聪明和狡猾；花草树木的疯张里，其实展示着显而易见的笨拙和愚蠢。当然，花草树木的愚蠢里，也许还藏着另一种聪明，比如，不开花不结果，不是妄为了一生?!

在我家房后边，最让我感兴趣的，并不是花和树，这些当然是很小时喜欢的；也不是后道上往来的车辆与行人，这些只有在冬天看不到时，才变得异常重要。在我八、九岁的时候，我最感兴趣的，还是屋檐下通着二娘家，通着生产队的那条小道。是这条小道，让我最初领略了从个人到集体，从小家到大家的宏伟和壮丽，领略了一颗小心向大心的澎湃与激荡。

那一声响亮的哨声，从什么时候响起，似乎已经不那么重要，重要的是，它响起了，它划破了屯街穿透了微风，匍匐在了我家草房后门的屋檐上，之后打了一个滚儿，一刻不停就溜进了我家的后门，溜进我的耳朵。我敢肯定地说，在我八、九岁的时候，没有哪一天的哪一阵哨声逃过了我的耳朵，即使我正在睡觉。那是生产队上班或开会的哨声。上班的哨声响在早上和中午，开会的哨声则响在晚上。这样的哨声与我毫无关系，可是，不知为什么，一听到哨声响起，我的那颗小小的心便按捺不住沸腾起来。它像水，是一荡一荡的，它又像火，是一蹿一蹿的，它在我的胸口奔涌着，用不多久，就把我也变成水和火了。我会疯也似的从后门窜出，沿着屋檐下的小道，一口气跑到生产队的山墙头，然后站在那里，倚着墙角，看那些被称作劳动力的大人们扛着家什,从前街、后街、东山岗,一个个来到生产队。

我并不关心他们是什么样子,就像我并不关心哨声从什么地方响起,我只关心他们从四面八方奔向了一个目标——我对哨声的敏感,其实是对哨声使人们从四面八方奔向一个目标这件事情敏感。只要看到人们从四面八方向生产队奔来,我就按捺不住内心的激动,我身上的皮肤,就不由得起栗。我不知道我为什么会这样,我确实是一看到人们在一种意志支配下奔向一个目标,就激动不已。我享受着我的激动,感受着我的激动。大人们来到生产队,往往要在山墙头逗留一会儿,要等队长分派活儿。老王队长把人们吹来了,自己却还没到。这时,我可要关心大人们的表情了,他们有的掏出烟纸,用黑黢黢的手卷起一支烟,用嘴抿上纸角,划火柴点燃;有的,把铁锨哐当一声扔到地上,坐下来,拣一根草棍,耐心而细致地掏耳朵;有的,像我一样,只倚墙站在那里,两眼四处瞜嘛。他们不管干什么,表情都是安静的,见不出任何私心杂念的。他们的表情,其实展示的是听天由命的无奈,可是在我眼里,却是神圣的,因为他们正在等待那个来自队长嘴里,与集体、国家有着联系的神圣的声音。是一个哨声,把他们从小家招呼到集体,而集体是什么,是与国家最近的地方,进了集体,就离国家不远了,广播里说,先国家,后集体,再个人。当时,我是多么希望自己快一点长大,走进生产队这个集体呵!

集体,这个抽象的字眼,在我的童年时期,是一个多么生动、具体的现实呵!它是一个场景,又是一种感受,它虽然完全缘于我的主观,却有声有色一点都不空洞,它好像只属于房后屋檐下那条小道通向的山墙根,只属于生产队由哨声唤起的这个人群。随着我的成长,我后来走进过好多个集体,学校,工厂,机关,也曾响应某种意志的支配,与很多人一起奔向过一个共同的目标,可是不知为什么,再也没有了那种神圣的感受,没有了激动。我一直以为,是我的心大了的缘故，是随着我的成长，随着对人生、社会、人性的了解，越来越多地懂得了个人、自我和自由的可贵的缘故，可是，后来有一天，也就是1999年夏天，当我在回老家的路上，看到一片开阔的野地里，正在修建高速公路的上万名农民，竟然不设防地涌起了多年不曾涌起的激动。我浑身一阵燥热，接着，就热泪盈眶……我想起多年前老家屋檐下那条小道，想起向着生产队涌来的四面八方的人们。这时，我才真正明白，我之所以感动那样一个群体的集体，都因为那样一个群体散落在山野的皱褶里，驻扎在荒芜的纵深处，他们太不容易聚到一起了，他们太应该聚到一起了！一颗童心，其实是深深感受了山野的空旷、心灵的孤单，才有了那样对于哨声的向往，对于集体意志的感动。

由哨声焕发的令人皮肤起栗的激动太短暂了，用不上十分八分，老队长就分派完活路。老队长一旦分派完活路，被称着劳动力的大人们就作鸟兽散，一帮一簇奔向不同方向的山野。他们上山，也是为了集体，可是由于不是聚拢，而是分散，蒸发在我内心的热气，便如揭了盖的饭锅，顿时凉到锅底。好在，它比任何令人向往的时刻都来得频繁，到东山岗等大哥一天只有一次，清明节开后门一年才有一次，哨声在一天里，起码要响两次，如果半上午半下午的中间还有休息，就是四次，如果晚上开会，就是五次了。

这五次哨声，我最盼望的，要属夜晚开会这一次了，因为我要上学了。我向往哨声，更向往上学，这是两个不可兼得的美好事物，我必须做出选择。我于是只有告别白日里的哨声。在那样一段日子里，心底里无比感伤，一种被大人们抛弃了的感觉那么强烈。尤其某一个时刻，刚离开屯街，就听到有哨声尖锐地穿过空中，响起在耳朵后边，泪，顿时就湿了眼角。猛一撒野，冲出十几米，将委屈丢到风中，这时，我会觉得不是大人们抛弃了我，而是我抛弃了大人们。

我抛弃了白日里被哨声呼唤的大人们，将期盼只缩小到夜晚。就像将本该装进五只饺子里的馅装到了一只饺子里，将本该五次的盼望浓缩到一次，那盼望的饱满、鼓胀便显而易见了。每晚，我吃罢晚饭，就来到屋檐下的小道上，在那里往返、徘徊。记得小道旁边有一排杨树林，它们大小不一，粗细不一，它们在白天里，从没进过我的视线，到了夜晚可就不一样了，它们不但进了我的视线，且要成为我的伙伴，我的依靠。它们在夜晚里，尤其在有月色的夜晚里，不管近看还是远看，都是人。远看是黑乎乎的，像一个个站直了的人，近看，又是白花花的，像一个个光着肌肤的人。它们在没有会的夜晚，就是一些开会的人们，我站在它们中间，做出老队长的样子，将一根草棍当成烟袋，叼在嘴上，偶尔地，往树上敲两下，说，大伙悄悄点，开会啦——而一旦有会，一旦响起哨声，它们便什么都不是了，我会义无反顾离开它们，风也似的跑到生产队门口，在那里等待将烟锅吸出一星一星火光的老队长。等老队长真的来了，我再风也似的顺屋檐下跑回家，去领双目失明的父亲。

这是将所有的白天加到一起也抵不过的夜晚了，这样的夜晚，人们从四面八方来到生产队，来到生产队院子里的毛泽东思想大学校。这大学校与我家只隔着二娘家的三间房子，可是大学校的正门，是在一个偌大的四合院的西边，要走进去，必须绕过房后屋檐下。这大学校里，曾批斗过我的父亲、二大和四叔，但那些恐怖的场面，或许因为我小，或许是大人们帮我回避了与那样场面的遭遇，我没有记忆。所以，在我的"大学校"里，没有黑暗，没有恐怖，有的，是明亮灯光下闹哄哄的人们。那灯光，只是一只马蹄灯，可在我眼里，要多明亮有多明亮。因为，所有大人的目光，都在马蹄灯的照耀下一闪一闪，都是那燃起的马蹄灯，它们汇合到一起，交织到一起，呈现的是一个集体的光辉，它们怎么能不明亮！我参与了这光辉，在光辉的笼罩之中，我变成了光辉的一部分，那样的夜晚，父亲总是把我抱在怀里，让我和他一样，面冲前方，看着老队长。我不知道，父亲是不是借用了我的眼睛，来感受眼前的光明。我只知道，能像大人一样坐在那里听会，简直太幸福了！

这童年里驻扎内心的幸福，一直没有离开过我，在我年届四十，已经深谙世间一些会议的本质，并不断地给予信口开河的批判时，我从没因此而逃过任何一次必须参加的会，我从不在乎会讲了什么，而只在乎许多人在一起听一个人讲话，只要是许多人在一起听一个人讲话，我就说不出地开心、快乐。

1973年，记不得是春天还是秋天，一个比开会要美好一百倍的更大的美好来到我的生活中。那是突如其来的事情，有着天降大福于斯人的味道。它盖过了所有哨声惊起的白天和夜晚，它不是在"大学校"里，却与集体有着密切的联系，它几乎就是那个紧连着集体的国家了！我是说，这从天而降的快乐，是感受了国家就在身边的快乐。

还是房后屋檐下那条小道，它先是通向集体，而后通向了国家。这是时间上的顺序，在地理上，却恰好相反，是先通向国家，然后通向了集体。因为，这群在我眼里代表了国家的人们，就住在我家隔壁二娘家的房子里。二娘家从什么时候搬走的，我一点都不记得了。但我知道，二娘家在前街东头，买了五间大房子。这是每一个乡村家庭都要经历的扩张，儿女长大，需要结婚，原来的房子住不下，做父母的，就抻着腰筋进行扩张。当时，给我的感觉，二娘好像是为了那些人的到来才搬走的，后来知道，那完全是时间上的巧合。二娘家搬走，住进了一些陌生的男男女女，他们是下乡青年，是听毛主席话，从很远很远的大城市来的知识青年。

在我童年的印象里，所谓国家，是一个地方，一个城市里的地方，我其实在书本里已经学过关于国家是一个统治机器的定义，但这无法改变我的印象。于是，这些城市里来的人，就拥有了国家的气息，就代表着国家了。

大解放穿过东山岗，把他们送到我家房后那个时刻，我不在现场，我不知道那是一个怎样热闹的场景，国家把它血管里的血汪汪洋洋送到乡下人门口，不喷射出五光十色的光芒才怪呢！

国家居然把它血管里的血送到了乡下人门口！放学回家，我都感到我的血管勃勃发涨了，我的脸、脖子、眼窝，火烧火燎的。他们就站在后门口的屋檐下，站在我的对面，与我近在咫尺。他们雪白的脸，雪白的牙齿，亮亮的头发。他们看着后院里的小树林，目光十分散漫，也十分傲慢。可这散漫和傲慢里，却有着让我十分着迷的东西，是那种作为国家一个重要分子才有的理直气壮。他们理直气壮，他们的手都插在衣兜里，是那种不管男女，一律是盖儿斜缝在外边的衣兜。于是，那只朝着一个方向用力的手，就在突出了他们腹部的同时，显现了他们苗条、笔直的腰杆。他们看着我，冲我淡淡笑了笑，一个大个女子问我，你叫什么名字？我想了想，理直气壮地说，我叫孙惠芬。我之所以能够理直气壮，是因为我发现就在他们身后，我的大嫂、二嫂和队里一些女劳动力们，正在忙活为他们做饭。他们国家里来的人，也要乡下人帮助，我们乡下人，都能帮助国家的人，我有什么不可以理直气壮的！然而正在这时，一个站在房后看光景的由家二婶大声说，她是老孙家的，叫小芬儿。

小芬儿——这是我的小名，她说出了我的小名。一股莫名的羞辱感顿时敲打着我的脸腮，我低下头，看着脚下的地面。但很快，另一个人的声音，又把我从羞辱中解脱出来，那是老队长的声音。他在屋里冲房后喊，小黄，小胡，大个儿，吃饭啦——老队长喊国家下来的知青小某某，而不是大名，看来小芬儿，也并没有什么不好，还和知识青年打成一片了呢。

后来的日子，我真的就和知青们打成了一片。我的打成一片，不是和他们同吃同住同劳动，也不是动辄就凑到他们堆里听他们说话，不是。我的打成一片，是学着他们的样子唱歌，是他们在屋子里唱歌时，我在外边唱歌，他们在外边唱歌时，我在屋里唱歌。

这些从大城市里来到草房农舍的青年们，最大的特点就是热爱唱歌。每天晚上，只要生产队没有会，他们就聚在屋子里，或房后屋檐下，齐声合唱当时电影里流行的歌曲，什么"太阳出来照四方"，什么"一条大河波浪宽"，有时，他们还聚集了外村里的知青一块来唱。他们把自己住的地方叫点儿。点儿，这是当时最最让我崇敬的名字了，有着以小见大的意思，不再在乎知青叫我小芬儿，也有这样一个原因，似乎最小的，才是那种最大的。我是说，当那些知青在被他们叫着点儿的屋子或房后唱歌时，我一点也不觉得我那单薄、微弱的歌声有多么可怜，相反，倒有一种响彻云霄震天动地的气势。因为在那样的时候，我明显感到了，我的歌声就是他们歌声的一部分，他们的歌声就是我的全部！

我唱的歌，永远是一首歌，是《洪湖赤卫队》歌剧中韩英的唱段，"看天下劳苦大众都解放"，我用假嗓模仿着王玉珍的嗓音，尽量在特殊的字眼上唱出独属于她的那种味道。每天晚上，只要不开会，只要帮母亲圈了鸡鸭，喂了猪，备好了第二天的烧草，跟母亲走完独属于她的院子里的路，我便走出后门或前门，来到院墙边，门口苞米地边，来到后门小树林里，或生产队房后的杨树下面，这些地方，都是离知青点儿不远的地方，它们在那样一个时期，是我夜晚里的必经之路。露水打湿了头发，夜风灌满了衣裳的领口，我的嗓音最初很细，像一种虫子的鸣叫。唱着唱着，就有些放开了，就像是真正的歌唱了。不过，无论怎样放开，我的音色都不是明丽那种，而是接近凄婉和忧伤，尤其在唱到"娘说过二十六年前，韩英我生在洪湖上"这句，我的嗓音，会像庄稼的叶子一样，在夜风中不住地颤抖。因为此时，我在心里更改了歌词，我把韩英想成了自己，我把洪湖想成了山咀子，这么一想，就很容易进入歌曲的情境，就无法唱得舒展、快慰。我不知道我为什么要选这样的歌。

我就这么唱着，可是唱着唱着，我感到了孤独，一种从未有过的孤独，从庄稼的叶尖上，从夜色的黑暗里，袭向了我。我的歌声依然响彻云霄，震撼天地，我甚至听到了庄稼叶子在歌声的震动中哗啦啦直响，可是，我却再也不觉得是和知青打成一片了，我就是我，我的歌声就是我的歌声，我的歌声只不过是墙头上一棵小草在风中的鸣叫，它从来也没和知青的歌声打成一片……

虽然感到孤独，但我的歌声并没停止，相反，越是孤独，我越是要唱。不知唱了多久，有一天，突然地，一个叫曲华的知青在西院喊，小芬儿，听见了，你唱得很有味儿——

我的眼睛一下子就潮湿了，胸腔里，一股巨大的咸涩的溪流涌向喉口，使我一时间再也唱不出来。他们听见了，听见了！在此之前，我并不清晰，我是在为他们唱，我是希望他们听见。曲华夸奖之后，我的眼泪告诉我，我是一直希望知青们听见的，只要他们听见，我就不感到孤独。从此，每天晚上，我都能感到，在我身边不远的地方，有着二十多双耳朵在倾听，那些大城市里来的知识青年，他们在倾听，我什么时候被外面的人倾听过？！

这是我一辈子都不能忘怀的倾听！尽管，他们可能只听见那么一次两次，但终归，他们倾听过我。

2001年夏天，老队长从乡下来到大连，与山咀子知青点的青年们相会在虎滩乐园的王子饭店，他们想起当年房东的小芬儿，不知从哪搞到我的电话，拨电话的正是曲华，她说，小芬儿，能听出我是谁吗？虽然已别二十七八年，可是，她曾在我孤独的少年时期毫不吝啬地给过我鼓励，我怎么能听不出来！我说，听出来了，你是曲华。她说，就知道，你会听出来的。我当时正值感冒发烧，但我还是爬起来，顶着雨，来到王子饭店。当我看到昔日让我的灵魂在黑暗里不知追逐过多少日夜的知青们，怎么也忍不住内心的眼泪，我连连说，谢谢你们，谢谢你们！

在他们看来，我的谢意有些唐突，没什么来由，他们个个瞪着疑惑的眼睛，似乎我在城里学会了虚伪的客套。

前　门

　　那由后门打开的春天，夏天，秋天，是怎么过完的，没有谁能够记住，它在具体的每一天里，都是鲜活的，忙碌的，都充斥着一个个盼望，一次次感动，或者一次次失望。可当一大堆日子过去，回过头来看，日子和日子，便像沾了黏糊胶，粘在了一起，摞在了一起，怎么也掰扯不开了。它们原本就像挂在墙上的日历牌上，一页一页翻过去，有着清晰的页码；它们一页就是一页，谁也挨不着谁，某一页上，还被哥哥画上了记号，记着哪一天卖的猪，哪一天开的家庭会。可是，它们一旦变成过去，便浑然一体了，许多日子变成了一个日子，一个日子就是许多日子。由后门打开的日子，不知不觉就凝成了一个日子，翻了过去。一经翻过去，就迎来了一年一度的冬天。严霜一场接着一场，风骨愈来愈加坚硬，突然地，天空就飘起了雪片，家家户户的后门就挤上了土坯。

　　对于人，后门的封死，似乎是一桩坏事，是不方便的开始，对于前门，可就是一个值得纪念的仪式了。因为从此，前门便繁荣起来，它被人们淡泊了三个季节，它空有了宽宽的院墙，宽宽的泥道。它在迎来它的繁荣时，仿佛一只扔到荒野又被主人拣回的猫，异常地温顺和娇嗔。草屑、由夏日泥泞而凝固的车辙，因水沟大量积水而被翻掘的土岗，统统得到清除，有了一番焕然一新的面貌。它的温顺、娇嗔，本是大人们给予的，可当它呈现在大人们眼前时，却完全是一副讨好大人、溜须大人的殷勤模样，仿佛生怕大人再一次抛弃它。

我童年心中的前门，其实并非堂屋的风门，而是从风门开始，一直到院子门口的全部。它却又不是院子，院子包括了院坑、草垛、鸡窝鸭窝和猪圈，而前门单指从风门到大门口那条道。这样的道，在它备受人们宠爱的黄金季节，是比后门的黄金季节更多一些光彩的。也就是说，它在时间的长度上，比不上后门开启的日子，而在滋味的强度上，却可以超出后门好多倍。因为在冬天的日子里，有着一个巨大的节日——年。还有两个不算巨大却也并不算小的正月十五和二月二。仿佛正因为冬日的短暂，上天才有意给予前门补偿，让它在那样的几天里，披红挂绿，张灯结彩。结彩，是房子和屋子的事，张灯，才是前门的事，然而由于房子和屋子里的事都要经过前门的进进出出，也便都被看作是前门的事了。没有前门口的两只灯笼，哪里有夜晚里的辉煌，没有夜晚里的辉煌，哪还叫什么年！

于是，前门在冬天里，真是繁荣可以火爆得可以，它的繁荣火爆，与后门的最大不同在于，由后门打开的日子，是由大人们的紧张、忙碌做成的，而前门，却是由大人们的松散、轻闲做成的。后门的火爆是劳动，前门的火爆是享受劳动成果。后门的火爆是以苦为乐，前门的火爆则是乐中生出对日子的玩味了。在这样的日子里，像挑逗小猫一样玩味着生活，是一颗童心最最崭新的课题。看大人们将一担担粳米、稗米、高粱米挑到碾盘碾碎，再一担担挑回家，放到锅里蒸出发糕、粘糕；看大人们将一担担豆子送到水磨上，再做出一方方白汪汪的豆腐；看大人们一趟趟将自家的猪肉鸡鸭蛋送到集市上，再一趟趟换回小鞭儿、供花儿和一应过年用的物品。

在这样的日子里，大哥隔三岔五，就在自行车的后座上，往家载回一些大蜡烛大鞭炮之类；母亲则把钱找给大嫂，让她到集上去给家里所有人买布料做衣裳，买鞋子和袜子。大哥买什么，支出的钱不用计账，因为他挣钱最多，好像挣钱最多，就拥有了做父母的权力。大嫂代母亲花的钱，却要记账，母亲和嫂子将那账叫"伙儿"的账，母亲的权力，是"伙儿"的权力。于是，最火爆的日子到来之前，要常常发生一些不快，比如三嫂发现三哥做衣裳的布料短了一寸，比如二嫂发现她孩子的袜子有个断线头。大嫂把东西买回来，都是母亲分的，可是因为母亲将代表她的权力授予了大嫂，二嫂三嫂的挑剔便难以避免了，它似乎关系到相互的信任——二嫂三嫂，其实只是为了争取母亲的信任。因为当真将大哥的衣料换给三哥，将大嫂孩子的袜子换给二嫂，她们是坚决不肯接受的。如此一来，相互间的摩擦就产生了，饭桌上，谁也不跟谁说话，你看到我，扭开身，我看见你，转过脸。然而，不管发生什么不快，只要到了前门的彩灯挂上去，一切都会烟消云散。仿佛彩灯是云中的彩虹，能够真正吞噬乌云，还日子万道霞光。

由前门聚拢的春天，自然有着平素所没有的祥和，是每一个人都能感受到的祥和。然而，在我七八岁的时候，我却觉得，前门的祥和不是冬天给的，而是父亲给的。因为我们家所有人，都在后门开启之后，冷落过前门，只有父亲，一年到头，除了夜里开会由我领着，无论什么样的天气，也无论是早是晚，从不放弃在前门进出。

父亲，是一种书面的称谓，在这里，将我的爹妈称为父亲母亲，是为了书写的方便。其实，我在父亲在世的时候，是一直叫他爹的。我的父亲是1919年生人，他与母亲结婚，生我的大哥，已经是1943年了。二十世纪四十年代的乡下孩子，几乎无一例外地要将父亲叫作爹。可是我的二大，却因为在外边当兵，很早就做了国家的人，他的孩子只比大哥小三天，就可以叫爸而不叫爹了。我懂事的时候，新中国成立十多年，对父亲称谓的改革已经波及乡下，山咀子的新一代子女，全都将爹改为爸，只有我无法改变。因为我和大哥是一奶同胞，不可能有两种叫法。尽管大哥比我大二十多岁。

在同龄人中，不能像别人那样将爹叫成爸，是我童年里又一桩苦恼，它常常让我在众人面前生出羞怯和自卑，就像曾经因山咀子的叫法而自卑。母亲让我到街上喊父亲回家吃饭，我从不敢大声，往往是悄悄跑到父亲跟前，声音含在嗓眼儿里，小声小气说：爹，吃饭。我因此对那些能够叫爸的人充满羡慕，觉得他们是那么牛气、了不起。不过，我可从没因为称谓而累及对父亲的感情，反而更加爱他，疼他。好像老天已经平白无故将不公给了他，我不能再帮倒忙。

父亲之所以一年四季必走前门，是因了他的那双眼睛。父亲二十四岁生了一场天花，一直生到眼睛里，差一点送了命。父亲十三岁起，就骑自行车在辽南一带做大布生意，供四叔、五叔上学，帮在外面当兵的二大养家。为了挑起养家的重任，生天花刚好，父亲就风里雨里又做起了牛意，致使三十岁时，因视神经萎缩，视力大减，到四十几岁，母亲生了我，他已经看不清我的模样了。据父亲讲，父亲的眼病，当时只要肯拿出三百块钱，就有可能在安东或盖州这两个城市治好，但他不舍得钱。我懂事的时候，父亲已经彻底失明，我长的什么样子，穿什么衣裳，梳什么辫子，他只能用手去触摸。

父亲看不清我，但我要是从他身边经过，他会一下子就认出来。他说他能听出我脚步的声音，能闻出我身上的味道。有一回，为了考验父亲，我故意扛一把铁锨，学大人的样子从他身边经过，当我走到他的身边，刚要与他错身时，他一把拽住我肩上的铁锨，说小兔崽子你往哪去。因为没想到父亲真会认出我，我差一点被父亲拽了一跟头。

并非眼睛不好，就非得走前门，父亲走前门，多半因为他干的那种活。当时，父亲因为经商，被打成"投机倒把"分子，四叔因在沈阳工作期间，跟国民党战犯的舅舅、奶奶的弟弟有通信往来，被打成右派遣回乡下。（五叔也跟战犯舅舅通过信，但他因为是沈阳鲁迅美术学院的高才生，被打到北大荒伐木。）二大，因当过伪国兵，而被打成反革命。前边说过，关于我的父辈们在那残酷的年代里，是怎样被残酷地革了命，我没有太多记忆，它们贮藏在家中比我大的所有人的记忆里。我能清晰记住的是，我的父亲、四叔，皆因为成分问题，常年干一种活——挨门挨户掏大粪，挨门挨户推院坑里的粪。为什么是父亲和四叔，而不是二大和四叔，或者父亲和二大，这里还有另一个原因，是一个被乡下人归结到宿命的原因。我的四叔从沈阳回乡之后，也一点点双目失明。孙家祖祖辈辈，从没有过失明的眼病病史，却在这一辈子，一下子出了两个。四叔的眼病，很有可能是急火得的，但因为和父亲是哥俩，就有些神秘了。

挑粪和推粪的活，在生产队眼里，似乎是最适合他们干了，它一方面不用上山下田，可以靠感觉摸索着干，一方面成天与臭不可闻的粪便打交道，正常人没有谁愿意，也算是对父亲、四叔的一种惩罚。于是，由于常年推小推车，常年挑大粪桶，走前门便成了父亲和四叔的必然。于是，在每家每户的院子里，在通向前街、后街、粉房街、东山岗的小道上，父亲和四叔的身影，便是一道永恒的风景。

只要太阳从东山岗冒出地面，父亲和四叔就从自家的前门走出来，他们不需要哨声，因为他们的活不需要分派。他们出来，一个在东，一个在西，有时，又是从东西碰到一起。他们是绝不允许同时在一家干的。他们碰到一起，是他们推的或挑的粪，必须送到一个固定的粪场。他们碰面，谁也看不见谁，但谁都知道对方是谁。他们知道对方，却不说话，不但不说话，还要相互躲着，因为他们生怕因自己不慎撞着了对方。两个人都躲,一种情况,是中间最宽敞的道被躲了出去,结果,两个人都陷进了粪场边的烂泥里。另一种情况,是怕重蹈陷入烂泥的覆辙,反倒撞到了一起,结果,不是粪便溅了满身,就是两车粪分别倒到道边,再一锹一锹运到粪场里。发生这种情况,事情就变得糟糕,因为那散落在道边的粪便他们是无法打扫干净的,打扫不干净,踩在了正玩耍的孩子们的脚上,他们便要用恶作剧的方式报复父亲和四叔,见他们远远地推小车过来,故意在道上扔些障碍物,或者,在你刚刚装满粪的车前边,掩一块石头,让你刚刚一推,车就倒到院子里。孩子们最初,只为报复,可是时间一长,父亲和四叔就成了挥洒他们聪明才智的对象了。时间一长,他们不光是孩子们挥洒聪明才智的对象,还传染到大人。我就亲自见到过一个叫唐正安的人当着很多大人的面,将一个石头放到父亲的车轮底下,父亲车倒,引起人们哄堂大笑后,我便在他身上,挥洒了雨点般的拳头。

父亲和四叔必干的活路,在我眼里,是一个要多残酷有多残酷的活路,可是,他们的表情从来都是平静的,看不出悲伤的。四叔那边且不说,单说父亲,他常常是面带笑容和颜悦色的。当有人将他的车弄翻,他顶多能骂句小兔崽子,且骂时,也没有愤怒,好像他也认为这仅仅是一种游戏。

在父亲那里看不到悲伤的最重要原因在于,父亲喜欢讲国家大事。我的大哥在1964年,就为父亲买回一个半导体收音机,夜里,父亲要一字不漏地听国家里发生的事。父亲夜晚听国家发生的事,脑子装满,第二天,那半导体里的事就成了父亲嘴里的事,走到谁家讲到谁家。因为奔着到外边传播,父亲一早走出前门时,脸上挂着充足的笑容。父亲的传播对象,主要是女人们,因为男人们都在山上。父亲在谁家院子出粪,就讲给谁家女人听。父亲说,中国和阿尔巴尼亚是最好的朋友,咱地里种的小麦就有他们的份儿。女人们说,你怎么知道,你从北京才回来吗？父亲说，收音机里说的。女人们关心的是自己的家务事，从不关心国家大事，语气里流露的其实是讥讽，父亲听不出来，或许，即使听出来，也装着听不出来。有的女人，父亲怎么说，就是不接茬，这时，父亲便要使一点小小的伎俩，先同她唠一些家常。那家常，必是在父亲掌握里最能击中对方命脉的那种，比如谁家婆媳不和，正闹分家，父亲就说，怎么，闹分家了是不是？我就看你那媳妇不怎么样。于是，对方就揭开风门，接父亲话，三哥你可真行，知道国家的事儿，还知道俺家的事儿，你会算吗？父亲于是得意地说，当然啦，瞎子嘛，哪一个瞎子不会算?！父亲终于引出对方的话，就跟对方唠起了家务事，传授一些有关当家作主的经验。毕竟，从奶奶统治的大家庭里分出来，自己又统治了一个大家庭。传授到后来，父亲总要话机一转，转到国家大事上。与女人们唠小家里的事，目的是要引出大家里的事，而父亲在小家的那一部分事情里，已过多地投入了感情，最后又总要站在听话人的立场上，博得听话人的欢喜，听话的女人，便只有哼呀哈地听父亲讲话，似乎是在还父亲的人情。

不过，女人自知道大可不必像父亲那样认真的，她们往往该干什么活还干什么活，有时在偏厦里拣干菜，有时跳到房后菜地里薅须草。反正父亲看不见，只须大声应着便是，只须时不时地夸一句便是：妈呀三哥，你可真行，真像从北京才回来。不管在哪，只要应着父亲，父亲就十分得意。父亲这时的得意，往往是得意的高峰，他会将铁锨往小车上一拍，说：你以为怎么样，你以为人在家门口，就只知道家门口那一点事儿，那不是人，那是畜生！

在外边获得了女人夸奖的父亲，不管多么累，不管遇到多少翻车事件，下班回来，脸上都是挂着笑的。可是，这样笑脸的后边，不知不觉，就会跟进一个尖锐的声音。那发出尖锐声音的女人，还不等走进前门，就呼出了父亲的名字，或对父亲辈分的称谓，如果是父亲的同辈人，就直呼孙承业，如果是小字辈，就貌似礼貌地叫三叔或三大。不管叫什么，声音都比摔了瓦盆还要难听。她们跟进门来找父亲，无非是父亲在同她的婆婆唠家常时，伤了她们，她们气急败坏地说，你说你一看俺就知道不怎么样，你怎么能看见？

这样的时候，父亲收住笑容，无言以对，只有母亲出来圆场。从不在儿媳面前发一点火的母亲，这时要冲父亲大发其火：干活就干活，讲那么些没用的干什么？找上门来的人，见一向温顺的母亲发了火，便也只好作罢。于是，父亲为自己对国家大事的热衷，付出了巨大的名誉上的损失。

在我十几岁的时候，常能听到人们对父亲这样评价：心眼不错，就是嘴不好！

也许找上门来的人多了，使父亲对所谓名誉不再敏感；也许，父亲太了解自己，不将那些鼓胀于心的国家大事说出去的那种难受，远远超出了丢失名誉的难受；也许，父亲压根就没把女人嘴里的名誉当作什么名誉。1983年，改革开放之后，中国沈阳与美国芝加哥结成友好城市，父亲来到南甸子的稻田里，大张旗鼓跟乡亲们说，这一回可好了，沈阳和芝加哥成了朋友，过不多久，地里就开来了美国的拖拉机，知道吗，美国的拖拉机既能播种又能收割。父亲喜悦的样子，仿佛他已经听到拖拉机从东山岗开下来。

父亲一辈子走南闯北，在商场上争战，经得了太多的风雨，见得了太多的世面，耳边灌满了外边的事情，他怎么可能在短街与土道上闭口不语呢？怎么会为几个女人而气馁呢。

父亲不气馁，父亲一遍遍从前门带回的尖锐的嗓音，便成了我童年眼里最大的不幸，成了父亲遭受的最大的伤害。那不幸和伤害，尽管发生在我家的院子里，但它不属于别人，只属于父亲，因为所有人都指向了父亲。这可太让我难过了，替父亲难过。每逢这时，我都跑

街与道的宗教 | 049

到父亲膝下，将自己卷进父亲一直围在腰间的围裙里——那是一个几乎要触到脚面的围裙，黑色的，四方的，一年四季扎在父亲腰上，挡着来自前方的粪土和粪便。它挡得住粪土和粪便，却挡不住人的唾沫，当那些伤害父亲的唾沫朝父亲喷射时，我用围裙卷着自己单薄的身子，紧紧贴在父亲膝间，以期用自己的体温、温暖，抚慰我的父亲。

亲历了由前门引进家来的伤害，目睹了父亲遭遇的陷落，当一年中张灯结彩的喜庆由前门涌入时，便在心底里想，父亲付出了那么大的代价，怎么会不换来一点喜庆和欢快呢！有了父亲付出的代价，那一点喜庆和欢快又算得了什么呢？

对于父亲，真正的不幸，还是在1985年，这也是我们全家人的不幸。这个属于我们全家人的不幸，不是他为谈论国家大事引得女人找上门来，而是父亲再也不能谈论国家大事了。父亲一夜之间，得了脑血栓，右胳膊右腿麻木，不会说话。父亲开始是呜呜啦啦，偶尔还能吐出一个半个字，三个哥哥当即把父亲送进沈阳苏家屯专用蛇毒治疗脑血栓的医院，可是半月之后，父亲因为想家，也因为不见自己好转，坚决要求回来，从此，父亲便失语了。父亲失明，又失语，这是多么大的不幸啊，看不到这个世界的光明，又不能将内心的感受表达出来，将是多么痛苦！重要的是，我的父亲多么需要表达啊……

上帝为什么要这么与父亲过不去，难道真的有什么上帝吗？

时至今日，关于父亲失语之后的文字，我从没写过一个，我不知该怎样来写他，我甚至不敢细想，一细想，就心如刀绞，疼痛不已。我不写，不光是为了自己的心情，而是不愿将父亲的痛苦凝固成文字，我感到，它一旦凝成文字，便构成对九泉之下父亲的伤害。我宁愿它是一缕烟，能在干旱的季节，蒸腾出漫天的大雾，让天下每一个人都在享受阳光的同时，感受到雨露的滋润；我宁愿它是一丝风，能在不知不觉中，卷走漫天乌云，让世间每一个人，在经历寒冷之后，看到阳光执着的照耀。我是说，我宁愿用父亲所有的痛苦，我的痛苦，祈祷人类的健康与光明。

  从那样灾难的日子里，掠走父亲的哭声，母亲的哭声，我的哭声，剩下的，便是那一星星如同闪烁在烟蒂上的火光了。当你缩小了你的期盼，一星烟蒂上的火光，也会燃成烛照生命的火炬。这了不起的火炬，仍然来自前门，来自父亲曾千百次走过的前门外的土道。那是星期天的日子，我搀扶父亲，在前门外的土道上走来走去。那时，我在辽宁文学院进修已经毕业，分在县城的文化馆，一周回家一次。在父亲失语之后的日子里，父亲只相信我的搀扶，因为只有我，能够准确感知他的内心，准确而细致地回答他随时提出的疑问，比如苞米的穗参出多高，比如水沟的沟底有没有淤泥。那时已经分田到户，院墙外边那块地，已经变成我家的口粮田。如果是冬天，父亲便要坐到前门口的松树边，静静地晒太阳。父亲仍然关心国家大事，但绝不要听电视里播音员的播报。失语后的父亲，对来自电视里的声音充满排斥，似乎那是一种噪音，他只愿听我向他讲述。我一边讲，一边用手抚摸他的脸，他的额头，他下颏上的胡须——父亲得病以后，理发和刮胡子也不再相信别人，只要我来做。那样的日子，他享受了倾听的美好，获知的美好，也享受了由他唯一一个女儿给予的爱抚的美好。有时，由于手法不好，将他的下颏弄出血，他感知了疼，赶紧握住我的手，嘿嘿地笑起来。

  听母亲讲，我不在家的日子，父亲在屋子里待得闷了，也要摸索着走出屋子，这时，他不需要任何人的搀扶，只自己走。他在走到前门之前，要先来到院子东边大哥新盖的平房边，在墙外一节一节摸着，门，窗，墙皮，从北摸到南，再从南摸到北，之后走出来，走出前门，来到院外的墙边，在那里久久地望着。那仰着头的样子，好像他看到什么，好像将眼前所有的景致都看在了眼里。

父亲看到了什么?

1989年冬月二十八,父亲去世在小镇上的新家里,那是刚刚搬到小镇一个月零三天的日子。星期天,我照例回小镇为父亲理了头,刮了胡子,洗了脚。那时我怀孕三个月,父亲不知从谁嘴里听说了,一再逼我上炕躺着。回文化馆上班的第二天,单位白会计交给我一个稿费单,是《上海文学》寄来的。白会计说,真奇怪,这稿费单居然被送到了殡仪馆,今天早上,又从殡仪馆转过来,明明写着文化馆呀,怎么能送到那里?正在为白会计的说法心生恐惧时,我便接到了那个不幸的电话。

这也许仅仅是一个巧合,可是我还是相信冥冥之中的感应。

有了老家前门无法用语言描述的情感交流,父亲离开,怎么能不让我有一点感应?!

粪　场

　　眼前的这块空地，不足三百平方米，在地理上，是前街、后街、粉房街、东山岗的交汇处，它的前边，就是那条通向东山岗的道；在地势上，它低于后街，后街的菜地，低于东山岗以及我家老房子那条街，是山咀子最盆底儿那块地方，与前街一平。这个地方，在我的童年少年时期，一直是一个粪场。粪场，闻名思意，就是攒粪的地方。集体化时代，辽南乡下每一个村庄，都要有一个集体攒粪的场地，它可以是二百平方米，也可以是一百平方米，大小要视村子人口而定，但它必须是一个村子的中心地带，必须是洼处，因为只有这样，才可以方便家家户户粪便的囤积，才可以方便尽往低处流的雨水的囤积。所以，所谓粪场，它首先是粪土的中心，废水的中心了。

　　在我童年的眼睛里，粪场有着相当的高度，也十分陡峭，若不是顺大人们留下的阶梯，轻易是上不去的。粪场里的粪和水，要用碱泥筑起的堤坝堵着，如同水库的堤坝。水库的堤坝，是借助了山脉走势，只堵一面，而粪场的堤坝，则是四面皆无依靠，有着平地而起的气势。

水库的堤坝，要用石头水泥，粪场的堤坝，则完全是泥土本身。水库的堤坝，一经筑起，便一劳永逸，粪场的堤坝，则是年年都要平地而起。

一年当中，总有那么一段日子，粪场里的粪被大人们全部运到田里，粪场子便仿佛被炸弹炸过似的夷为了一片平地。这时节，往往是冬至，是冬的尾部了。冬的前半部，冬的高峰里，人们把冻成土墙似的粪土刨成粪块，一块块运走，到了冬的末尾，便是从外边往粪场运泥筑坝的时候了。这里所指的外边，是小镇，是小镇南边的老港，是老港南边的碱滩，一片与潮起潮落亲近着的地方，大人们叫它南碱滩。隆冬一过，年的前后，生产队的马车就一辆接着一辆越过东山岗，向小镇方向去了。他们往往一天两个来回，以正午分界，他们在早上或中午出发时，车上拉着上小镇赶集的女人们，晌午和夕阳落山回来时，车上便围了草帘子，草帘子里面便装了一座小山似的实实惠惠的碱泥了。

车拉回的，不过是些海边盐碱地里的泥，可是因为从来没有去过海边，不知道那是一个什么样的地方，车从外边拉回的碱泥便不一样了。它也确和大田里的泥土不一样，异常细腻，如同母亲用细箩箩下的苞米面，却又不像苞米面那么爽手，有着黏度和湿度，用手一握，能握成团。可是你不握它，又非常松散，很神奇。神奇的，本是碱泥，可是因为用这样的碱泥筑就了粪场堤坝，粪场在我眼里，也就无端地神奇起来。它被夯实的碱泥一层层加高，起初还只有小板凳那么高，一转眼，就比我家堂屋吃饭的高桌还高了。当它比饭桌高那么一点点时，你还可以看见里面的构造，似乎比外边粗糙，不像外边那么光那么滑，如母亲用破布条缝起的棉袄里子。再一转眼，它超过了你的视线，站在外边，你就只能看见光光一堵墙，墙里边的景色，你却什么也看不见了。

粪场子真正的神奇，其实是从堤坝挡住你的视线那一天开始的。你明知道那里面没有什么，可是，你越是看不见，越是觉得里边有着无限的美景。于是，你就要在大人们不在的时候，爬上那个人造阶梯，朝里边探望。然而，这非常困难，因为那条堤坝窄窄的，一不小心，踩了堤坝上的松土，会掉进去。掉进去，倒没有什么太大危险，刚筑的堤坝，还没有雨水，父亲和四叔倒进里边的粪便还很稀少。可是再稀少，总保不住你不正好掉到粪便中。所以，大人们在孩子出去玩耍时最忘不了嘱咐的一条便是，离粪场远点。然而大人们不知道，这样的嘱咐是多么激励着孩子们呵，它不但缚不住一颗好奇的童心，反而更加渲染了粪场的魅力。某一个大人正在休息的晌午，我们踩着阶梯，不知不觉就爬了上去。我们爬到高处，终于看到粪场里的神奇了，驴屎马粪人便混淆在泥土里，散发着臭烘烘的气息，向往便在嗅觉的作用下，变成一声长长的叹息。

但是，绝不要指望我们会从此丧失对粪场的兴趣，当春天过去，夏天到来，高耸于眼前的粪场会再一次吊起我们的胃口。因为这时节，粪场里有了雨水，满满当当的，如一个水泡子。小时候不知道湖这个字眼，不流动的水泡子，就是我心中真正的人间奇迹。尤其这水比我高，在我的头上，恍如在天上，是天上之水，且这水边又聚满了歇伏时节的大人们。所谓歇伏，并非歇着不干活，而是大人们在入伏之后将战场从大田转到粪场而已。大人们将各种青草挑上堤坝，三荚菜，须草，老苍子，细甜谷，艾蒿；把各种枯死的秸蔓挑上堤坝，土豆蔓，芸豆蔓，还未过季、就已经被雨水烂掉的菜豆蔓，于是，这粪场里的世界，便成了一个各种植物聚会的地方。它们的命运是被沤臭烂掉，是悲惨的，可是因为有水，无疑是鸭子和鹅最喜欢的地方。鹅鸭们将一日日沉入水底的草蔓搅动起来，搅出半空的腥味臭味；无疑要吸引各种蚊虫，如此一来，粪场里的世界，便再一次变成童年心中最最向往的地方。

在我童年印象里，蜻蜓本是和蝴蝶类似，喜欢花草树木，可是不知为什么，它们在夏季最炎热的天气里，纷纷飞到粪场上空。它们飞到粪场上空，往往是黄昏时分，它们薄薄的翼上闪着金灿灿的霞光，它们成群结队，就像上东山岗庙堂给死人们报到的大人们的成帮结队。可是，它们一点也不像大人们那么有秩序，飞着飞着，就乱了阵脚，就打场一样弥漫了整个粪场。最初，我真的以为它们把粪场当成庙堂，在为那些淹在水中的须蔓报到，可是你只要静静地看一会儿，就会恍然大悟，它们原来是为那些比它们弱小的蚊虫而来的。它们之所以乱了阵脚，是跟着蚊虫瞎转的结果。哪里的蚊虫多，它们就飞往哪里，蚊虫聚到哪里，它们就聚到哪里，它们原来仅仅是为了热闹，为了向蚊虫显示自己的硕大和美丽。

这一点可是太让我们开心了，蜻蜓在粪场显示它们的硕大和美丽，我们便用我们的追逐，显示着我们的硕大与美丽。我们当然知道我们不及蜻蜓美丽，但我们会制作美丽的蛛网，那蛛网正是蜘蛛吐的丝网，它被我们勒在了半圆形的柳条上，由一根苞米秸固定而成。我们将它擎在手中，企图一个一个将蜻蜓粘住。于是，我们追逐蜻蜓，蜻蜓追逐蚊虫，蚊虫追逐臭气，粪场便形成了一个巨大的迷魂阵……

蚊虫和蜻蜓的道路是无限的，它们可以抵达粪场上空的每一个角落，我们不可以，我们只能绕着粪场外边转，即使有胆大的，爬上了堤坝，即使我们手中的蛛网有着相当的长度，也够不到粪场里边，于是，粪场上总也到不了的角落，便构成了粪场的开阔与无边，粪场的开阔与无边，便使我对建粪场的人的憎恨也开阔无边。

恨开阔无边，是说我憎恨的不是哪一个人，而是全部，而是一种情绪。其实憎恨不单单从追不到蜻蜓开始，这只是一个引子，像电影里的序幕，更深的憎恨还有后边。更深的憎恨，是由鸭子和鹅子引起的。它们在粪场上搅动了一天,玩耍够了,却不能像人那样自动回家,要大人们出来找才行。全村的鸭鹅都聚在一处,要从它们中一拨一拨分出来,实在是太难了。大人们,都自认为他们是认得自家禽类的,可是鸭鹅又没有标志,常常一不留神,就把别人家的鸭鹅赶回自己的家。问题就这么发生了,后赶的人家,见自家的鸭子少了一只,便站在粪场大骂开来,哪一个穷鬼贪心偷了鸭子?本是可以不骂的,也是知道有可能赶错的,可是,饭正烧在锅里,一家子劳力正等在饭桌边,天又越来越黑,怎么能不急眼?再说,丢的那只鸭子,恰是最能下蛋的那只,一天下一个,怎么能保证那赶鸭子的人家不是贪图明早那只蛋呢。

一个人骂起来,所有人都惊动了,纷纷把自家的鸭窝打开,一遍遍数,一遍遍查,怎么查,都是六只,一只不多,便任那个丢鸭子人家骂那个穷鬼去,自己心安理得放被睡大觉。可是刚刚迷顿过去,一只鸭子呱呱呱叫起来,爬起来看,院子里确有一只鸭子站在那里孤零零地抻着脖子,是自家的鸭子。于是,顿生一身冷汗。显然,先头那六个里,有一个是别人家的。夜里去还,已不可能,只能等到明天。明天,将所有鸭子一块放出去,它们只要混进粪场里鸭子的队伍,一场误会也就可望消除。可是,恰恰丢鸭子的人家,天还没亮就候在了粪场边,那在别人家过了夜的自家鸭子一经冒头,就被主人抓住。主人抓住自家的鸭子,且还要抓住这个群体里别的鸭子,然后将两只鸭子一同擒回家。这样,到了这一天的晚上,那个昨天偷鸭子的人家,也就原形毕露了,因他必出来找。于是,你说我偷了你的鸭子,我说你偷了我的鸭子,粪场边上,一场恶战也就开始了。

为的本是鸭子,一人一句翻出来的,却是爹娘祖宗,当打架的双方翻出爹娘祖宗,原来只有两个人的战争便很有可能升级为四个人六个人甚至八个人,反正谁家也不缺儿女。遇上那种脾气暴躁的儿女,

铁锨镢头肯定抡起来了……

那个抡起铁锨镢头的人，正是我的三哥。因为他亲耳听见了丢鸭子人家昨晚那通骂，当母亲一早让他把鸭子多下的那个蛋送给人家，他狠狠一摔，就将鸭蛋摔碎在院坑里。三哥本来就仇恨那张臭嘴，终于等来了机会，不动用家什那才叫怪！可是，这一动不要紧，给母亲吓出一场大病。在母亲生病那段日子，我对粪场恨之入骨，对那些建粪场的人也恨之入骨。恨不能哪个早上或晚上，在无人看见的时候，像《龙江颂》电影中的阶级敌人那样，将堤坝掘出一道口子，放了所有的粪汤臭水，让它干成裂出一道道口子的粪堆。

粪场，是自然要裂出口子的，但那不是我干的，也不是别的憎恨粪场的孩子干的，那是季节干的。这个季节，不是夏季，也不是秋季，而是寒冷的冬季。冬季将粪场弄出口子，并不是放了粪场里的粪汤臭水，而是将粪汤臭水全部冻在里边，将春天的神奇，夏天的仇恨全部冻在里边，还冻进了秋天的菜帮菜叶以及地瓜梗和草屑。我远离它，不看它，直到有一天，它被冻裂一道道痛彻肺腑的口子，一个伙伴正在疯跑，突然就停在了那里，他看上一会儿，丁是嗷叫起来，快来看呵，粪场裂口子啦！

我便满心欢喜地跑去看。

此时，经历了一个秋天，我的欢喜，已经远远不是报复了什么的欢喜了，我其实早已将仇恨忘得一干二净。我的欢喜，跟粪场冻成一个实实惠惠的物体有关。也就是说，冻成一体的粪场，再也没有什么危险了，再也不会无中生有地制造恐怖了。你可以在上边尽情地爬上爬下，任性地跑东跑西，没有任何角落你不可以去，你即使绊倒在驴粪蛋上，也闻不到一丝臭味，反倒有一种甜丝丝的草香。所以，冬天的粪场，简直可以说是一个无中生有的游乐场了。

一个不足三百平方的冻粪场，是我跟伙伴们冬天里最最开阔的游乐场。它不但开阔，还有着高度，恍如一座巍然屹立的高山，是一个布满陷阱的战场。我们学着电影里的样子，分出解放军和日本鬼子两个营垒。我们之所以不把敌方设计成国民党，都是我的缘故，因为我的舅爷是国民党战犯。开始，敌人总要占据粪场上面有利地形，解放军总是在粪场下面，处于劣势。我们的武器，是一根根苞米秸和木棍，我们的炮声和枪声，是无数双嘴唇发出的嘟嘟声，我们双方交战的原因，首先是一只鸭子，由敌人怀疑鸭子让解放军偷走，骂解放军，战争就打起来了。战争的结果，解放军必胜，当然，这胜利并不是真刀实枪打出来的，而是某一个年龄大一点、有权威的孩子的一声呼喊，鬼子快投降——敌人就叽里咕噜从粪场上往下滚，解放军，则呼哧呼哧往堤坝顶上爬，高呼解放军万岁！解放军爬上粪场，绝不允许走阶梯，必须是真正从陡壁往上爬，这样一来，当解放军，就要比敌人付出得多一些。然而解放军是好人，是英雄，让你当了英雄本身就占了便宜，爬是为这便宜付出的代价，为当英雄付出的牺牲，要奋斗就总会有牺牲。然而，再付出，也还是有很多人争当解放军的。

粪场上上演的，本是由孩童模仿大人们的戏，却也是人世间一出正戏。其中有人与人之间关系的矛盾，有对不公的争斗，有对微妙心理的把握和平衡，也有对正义的向往和崇尚。然而，这样的游戏，并不能持续多久，因为粪场上的口子越来越大了，这意味着，大人们要真正攻打这个堡垒了，大人们攻打堡垒，我们的士兵就要彻底撤出去了。

大人们的武器，当然不是苞米秸和木棍，而是一面尖一面宽的大镐。大人们将这样的武器带到粪场，宣告了我们打斗时光的结束，也宣告了他们上山送粪活路的开始。大人们手中的大镐，是顺那道裂开的口子刨进去的，那口子其实很窄，只有刀背那么宽，却很长，从粪场的北头一直裂到南头，所以，攻打堡垒的大人们，在刀背宽的口子

街与道的宗教 | 059

上站上一排，一镐一镐刨下去，真就给人训练有素的士兵的感觉了。

对于大人，这确实是一场殊死的战斗，须动用村里所有劳动力，须使出吃奶的力气。因为大人们的敌人太顽固太难对付了，那些在夏天里被大人们甩进去的草蔓粪土，一经与水冻到一起，便仿佛凝固的石头一般，一镐上去，砰的就溅出漫天冰碴。冰碴在半空划出一个弧度，再哗哗降落，恍如玉珠从天而降，晶莹透明。然而，这在我看来晶莹透明的冰碴，往往要激起大人们的愤怒，他们会立即提一提狗皮帽子，往手上吐口唾沫，又一镐刨下去。镐也要在半空划一个弧度，但它的方向与冰碴正好相反，冰碴是从前边划到后边，镐头却是从后边划到前边，有围追堵截的意思。然而这一镐落地，只能再次溅起漫天冰碴，与前一次唯一不同的是，冰碴出处的坑深了一层。这一回，使镐人有些火了，再不提狗皮帽子，也不吐唾沫，一歇都不歇，一口气三次四次，直到一块几尺见方的粪块从结结实实的粪堆上剥离下来，才松一口气，才揭下帽子抹一把汗。此时，那额头的汗，已经与空中凛冽的空气对流出一股白烟。

就这么的，刨一块，再刨一块，每一块与粪堆的剥离，都要经历四、五次的阵痛。于是，在粪场上扬镐的大人们，侧面看去，便像我家院子里正在觅食的鸡了，极少有抬头的时候。

粪场上大人们的战争不但是艰苦的，还是持久的，往往要持续两个多月，这两个月，是将一座山搬动，移走，就像课本里说的愚公移山。可是我不明白的是，课本里那座山，是上天造的，而这座粪山，是自己造的，大人们为什么要这么跟自己过不去呢？

不管如何不解大人们的自讨苦吃，不管如何因大人们的持久战而影响了我们的歼灭战，粪场还是能给我们带来快乐的，这是一年中，粪场带给我们最后的快乐了。这快乐是由那一块块从母体上剥离下来的粪块做成的。它们让大人们辛苦又劳累，却让我们快乐又轻松，可见人世间的不公，无所不在。好在，这不公我们不说，大人们并不知道，因为我们再一次冲向粪场，绝不是白天，也就是说，在那样寒风凛冽的冬天里，粪场的白天是大人们的战场，晚上，就是我们的战场。

那是一个月当中，仅有的几个有月光的夜晚，我们两人一组或三人一组，将那些结冰的粪块撂起来，我们学着大人们垒院墙时的样子，顺着粪块立体的坡度，一块一块往上垒，无法顺上的地方，就用散落在地上的粪渣冰块往里塞。那些粪块，可是太沉重了，一堵挡风墙垒出大腿根那么高，需要上气不接下气地忙活一个晚上。

从外表看，我们只垒了一道土岗，可在心里边，那可是我们亲手缔造的家了。从外表看，土岗前边仍然还是粪场，可在心里边，却有炕有院有草垛，还有通向外边的街和道。这一应住家过日子必有的物体虽是用草棍画出来的，与隆冬的寒气融为了一体，但在心里边，却是有着家一样的温暖与火热。我们往往是三人一组，扮着爸爸妈妈和孩子。我们缔造了家园，却根本不守着家园，一经造好，就一家三口出去串亲戚。我们串了这家串那家，好像明知道家里的一草一物，是由心里设定的，是一种想象，谁也偷不走，那被串的人家，根本没有人，因为他们也串亲戚去了。我们的家本是只有咫尺之遥，可是，串亲戚的路，却要绕粪场走两三圈。因为亲戚不是邻居，亲戚往往要隔着山隔着河，要走出东山岗。我们之所以在隆冬的粪场上串亲戚，就因为我们太想到东山岗外面的世界去看一看了，因而，我们在粪场上绕的两三圈，等于内心里的十万八千里。

我们走着走着，就来到了明晃晃的月宫里，我们看到嫦娥，看到了玉兔，看到了桂树，看到了桂树上的枝丫，我们看到了照耀在桂树枝丫上的不是月亮，而是太阳。

我们一旦看到照耀桂树枝丫的不是月亮，而是太阳，我们在粪场上千辛万苦缔造的那个家就被毁掉了，因为这时大人们已经上班，他

街与道的宗教

们第二天来到粪场的第一件事，就是没好气地毁掉我们的家。

这一毁，我们可就真的成了愚公了，愚公是生命不止，挖山不息，我们是生命不息，造家不止。可是，我们并不像愚公那样有信心，我们往往造不上几个晚上，就气馁了。我们气馁，首要因为，总重复一个程序，有些心烦。比如我们的亲戚，总住在青堆子小镇、大孤山、安东这三个地方，我们心里装着的外面的世界实在是太少太少。另外一个原因，则是有一个晚上，我们之间，一个叫于桂花的伙伴在粪场上发现一枚硬币。那硬币嵌在粪土的断面，如大月亮下面的小月亮，闪烁着迷人的光辉。这个发现，简直如同在沙滩上发现金子，在屋笆上看到馅饼，一下子，就葬送了我们做愚公的命运。做不成愚公，我们一点都不沮丧，因为从此，我们变成了另一个人群，是故事里沙漠上的淘金者了。

月光下的粪场，多么神奇呵，它一下子变成了一座金矿，这可比夏天的神奇要殷实一百倍。夏天的神奇禁不住细看，只是一个骗局，而此时的神奇，就是要你细看，要你偷了大人的手电筒认认真真去看，是一个有颜有色的存在。在这个存在里，你看到的不一定是钱币，有时是红色的塑料扎头绳，有时是绿色的衣扣，有时，又是一只淡粉色的发卡。然而，正是这不可预知的不一定，在我们面前展现了无与伦比的希望。我们从月亮出山找到月亮落山，从夜晚找改为了白天找，我们承受着被大人们打骂的压力，因为后来，我们不得不在大白天里，偷出母亲做饭用的锅铲。

我们翻着的，本是过去，是过去时光里遗失的物件，可这翻找本身，却让我们迎来了一个又一个崭新的日子，让我们送走冬天迎来春天，直到粪场上的粪块被大人们一车车拉到田野里，直到眼看着凝固的粪块一点点化成粪土，被大人们撒进一垄垄地里。

希望的消失，是随粪场的消失而消失的，是随粪的消失而消失的，然而，这消失是有代价的，它让我从此明白，大人们之所以要造山让自己来移，是因为人活着需要吃粮，而粮的根长在土里，土的根长在粪里，粪的根长在粪场里，粪场的根，则长在大人们的辛苦与劳作里。我明白了这样的道理，也就明白了，我的希望，看上去是消失了，其实它仍在我的身边，它包藏在不远的将来。用不多久，一辆辆马车便会从无道的田野返回，走向通向大道的东山岗，去小镇上拉回打造粪场的碱泥。

我明白了这样的道理，也就明白了，粪场在我心中的根，不是银河之水天上来，不是追逐蝴蝶不放松，更不是串烦了亲戚去淘金，而是周而复始地希望着！这周而复始，同年的周而复始，挤前门开后门的周而复始，是截然不同的，它因为生长在粪场上，有着体积和高度，尤其，当某一年夏天，我站在堤坝边，轻轻一跷脚就看到往日看不到的粪场里边，无须再上阶梯，我知道，粪场的周而复始里伸给我的希望，不但有着体积和高度，还有着长度，它其实伸出了一段营养丰富的岁月，让我的身体和心灵一并成长。

前　街

在辽南乡下，街和道是最不容易区分的，在屯子里，有住家的地方，街就是道。而在离开住家的地方，道只是道，却不是街。由此可见，街是与房子、院子、草垛院墙分不开的，有住家门口那条道一旦伸到家门口，便不叫道，而只能叫街。比如，你可以告诉你的伙伴，我就在你家街门口，却不可以说，我就在你家道门口。

所谓前街，是相对后街而言，来自于东山岗那样一个权威的视角，是许多人家的街门口，是许多人家街门口的相连之处，汇合之处。它的西边，通着一个叫作下河口的村庄。它的东边，通着生产队，通着东山岗，通着所有上山送粪的马车道，所以，前街实际上是街和道的综合，街和道的重复与相加。

在我童年的印象里，山咀子的前街是一条最具规模的街了，它的规模，不是指面积，不是指人口，是指街的宽度，指街上人家院子的整齐程度，草垛院墙的规矩程度。也就是说，是指这条街上人家过日子的气象。而前街之所以在我童年的眼睛里最有过日子气象，重要的原因恐怕在于，这里住着我的二娘和四婶。

二娘和四婶家，分别毗邻着两幢深宅大院，一个叫王家大院，一个叫于家大院。这两座大院，都是大地主周志官留下的，一律有着前庭与后房，东厢和西厢。前庭和后房之间，还有一个宽敞的门廊，乡下人叫门过子。门廊间，高耸两扇威严的木门，木门旁，有着巨大的狮子头锁环。这两座大院其实很像北京故宫的缩影是我长大之后才知道的事，这两座大院曾严格地呈示着宗族意识、权力意识在家庭中的威力，也是长大后才知道的事。它们带给我少年时期最清晰的感受，是它们因为旁边有了二娘和四婶的居住而显得十分气派。也就是说，如果说山咀子气派的根源在前街里，那么前街气派的根源便在两幢大院里，两幢大院气派的根源便在二娘和四婶的家里。

我们孙家祖籍山东登州府，嘉庆年间迁居这里，爷爷的高祖靠卖高粱米发家，曾是辽南乡村有名的富豪，到爷爷的父亲这辈儿，兄弟四个一齐抽大烟，败亡了家业，从此沦为农民。爷爷奶奶从小镇北的唐屯搬到山咀子，已是土改时期，在于家大院租了西厢的六间房子。后来，人口增长，奶奶率父亲叔叔到生产队东盖了新房，分了家；再后来，二娘家人口增长，四婶从沈阳返回乡下，在母亲的西屋住不下，和二娘一起到前街买了房子。我是说，奶奶因为人口增长，将孙家从前街搬出去，二娘和四婶又因为人口增长，将孙家下一辈的一部分从外边搬回前街，风霜雪雨几度轮回，人间的沧桑，尽在短短的街与道之中了。

感到四婶和二娘家在前街日子的气派，已是我上小学的时候了。实际上，那时候，二娘家因为孩子多，三个女孩五个男孩，个个都体壮能吃，二娘又不会计算着过日子，日子没法跟我家比，一到春天就断了粮食，挨家挨户借粮。四婶家孩子倒没二娘家多，五个，但因为从城市折腾回来，家底已被折腾空了，又有三个孩子正在念书，日子也是相当拮据。可是不知为什么,在我眼里,二娘家和四婶家要比我家好上一百倍,它们简直如同两颗灿烂的明珠,镶嵌在前街的街道上,闪烁在错落的草垛边。

二娘家和四婶家的灿烂,当然不只是从草垛院墙体现的,而是从门窗的玻璃上,箱子柜子的木纹上,炕上被单的颜色上。二娘家和四婶家的窗玻璃,永远是明光锃亮,不沾一点灰尘;她们的炕上,永远铺着白色床单,即使旧了,也是娇滴滴的;她们柜子和箱子的木纹上,永远反着光亮,能够照见人影。

二娘和四婶家的灿烂,在我眼里,远不是这些,或者不仅仅是这些。它很小,它隔在了这一切的里边,浮在了这一切的上边,如树上的花朵,却只有一朵,是一个点。这一个点,在二娘家,是二娘坐在炕上看报纸的姿态,在四婶家,则是被她从前衣襟掏进掏出的手绢了。我在一篇叫作《舞者》的小说里写过,因二娘四婶都是小镇女子,有着良好的修养和习惯,不像母亲一天到晚只知干活,我常常回家逼母亲也看报纸也揣手绢,遭到母亲谩骂。这是虚构,二娘和四婶都是小镇女子是真的,有着极其良好的修养和习惯也是真的,不但如此,二娘还读过四年书,是小镇上有名的大家闺秀。我却从没让我的母亲也学她们。事情的真相,是我在心里暗学她们。我因此而不厌其烦地进出二娘四婶家。上四婶家的理由,是找二堂姐上学。二姐比我大两岁,我读一年级时,她读二年。上二娘家的理由跟上学无关,二娘家与我同龄的都是哥哥,他们不理女生。但上二娘家的理由比上四婶家更充足,是陪奶奶。在我七八岁的时候,奶奶最爱串的人家是二娘家,她动辄就从我家房后屋檐下的小道走出来,越过粪场,来到二娘家。二娘四婶都是她的儿媳,奶奶为什么愿上二娘家而不是四婶家,这似乎是个谜,这是当时的我无法揭开的谜。我上学时,上四婶家看四婶衣襟里洁白的手绢;陪奶奶时,上二娘家看二娘坐在铺着床单的炕头看报纸。四婶的手绢经她手的牵扯，仿佛一只灵动的小鸟；二娘端坐在炕当央看报纸的样子，如同年画上正在读书的林黛玉。二娘家和四婶家，虽在一条街，中间却隔着一个于家大院，两庭三间的正房，有着相当的距离。可是她们在我眼里比着赛的样子，却犹如两个头戴鲜花站在一起的女子，我，则是在两朵鲜花间纷飞的蝴蝶了。

我在到二娘和四婶家乱串的日子里，真的就像一只贪婪的蝴蝶，而不是蜜蜂。因为我串的目的不是为了酿蜜，而是为了采蜜。我采的蜜不是物质，而是精神。这精神因为借了二娘四婶的动作、形态，使之又有了物质的、生动的面貌。我是说，在二娘和四婶家串过几次之后，我也学着看起了报纸，揣起了手绢。我的报纸，是那种又肥又大的老苍叶子；我的炕，是那种又平又暄的青草地。我的手绢，是从母亲布包里偷出的一块白布角。我之所以不把书本之类当成报纸，而用老苍的叶子，是我认为报纸上密密麻麻的小字，正如同老苍叶子密密麻麻的纹路，它们共同的特点是神奇而无限，不像课本那样一望可知。那块白布可是不太理想，它怎么洗，都达不到四婶手绢那种白，那种近乎透明的白。但这不要紧，这反而让我萌生了一个理想，一个远大的理想——有一天，一定要做小镇上的女人。

那时，我私下以为，我的手绢之所以不及四婶的白，都是我不是小镇女人的缘故。

由此可见，镶嵌在前街上的两颗明珠，闪烁在我少儿时代心里的光芒，是精神的光芒。它由手绢和报纸这样的物质，变成了理想这样伟大的精神，成全了物质变精神这样一个真理。可是不久，这光芒的四周，罩上了乌云。这乌云的笼罩，不是飘，不是渐聚，而是说时迟那时快的骤变，它是骤然之间变明亮于黑暗的。

那是1972年冬天，是我最崇拜的伟大领袖毛主席发动的那场文化大革命的后期。那场大革命差一点革掉了二大、父亲、四叔和五叔的命，可是殃及亲人的祸难并没影响我对一个人的崇拜，这是一件十分奇怪的事。那片笼罩我精神光芒的乌云，同样也是毛主席操纵的，毛主席他老人家可能太累了，不想再去革谁的命了，要休息休息，世界于是暂时安宁下来，那片一直被囚禁的乌云就这么被释放了出来。那片被毛主席释放出的乌云，不在天空，而在地面，不在乡下，而在城里，是我的五叔。我的五叔已经十几年没有回家了，与我的奶奶也七八年没有见面了。前边说过，我的五叔因在沈阳读书期间，与一直关押抚顺监狱的国民党战犯舅舅通信，被打成现行反革命，而当时帮五叔照看孩子的奶奶，是在五叔蹲牛棚时，被迫离开哈尔滨回到乡下的。经历了悲惨分离的母与子、共同经历和承受了风雨苦难的亲人们的这一次相见，该是怎样的一次相见啊，在那样一种情况下还乡的五叔，哪里是什么乌云，简直就是一颗光芒四射的大太阳！

我永远不能忘记那个激动人心的时刻，五叔是被哥哥们簇拥着从小镇上接回来的。当我和侄子们在东山岗上看到黑压压的人群，我觉得整个山咀子都沸腾了。在东山岗下来的道两边，确实站了很多乡亲们。五叔是五十年代辽南第一个考进鲁迅美术学院的乡下孩子，五叔现场雕塑的人体石膏像，震动了在场所有考官，最后被破格现场录取的故事，十里八村几乎无人不晓，一个泥土里成长起来的才子，在城里饱受了"运动"的磨难，谁不想看看他究竟什么样子？他还好吗？

好，实在是太好了，五叔给我的第一印象，一点也不像遭受过苦难，五叔穿一套米色中山装，腰杆笔直，五叔的衣领是站立的，如同头发的站立，唯一见出与照片不同的是，五叔的额头有了几道深纹，发丝间映着几缕花白，然而这一切，在我眼里，反而透出了一个知识分子的风度。记得奶奶一直就坐在炕头上，表情异常平静，好像她要见的，是前街的二大和四叔。可是，当五叔进了院子，进了屋门，与奶奶面对了面，抱住了奶奶，却不一样了，奶奶一下子就哭了起来。

奶奶的哭当然因为五叔的哭，五叔的嗓音是沙哑的，五叔一声不罢一声地叫着妈，妈。五叔是奶奶七个孩子当中最小的一个，也是奶奶最宠爱的一个。五叔那充满孩子气的叫声充分显示了这一点。

没有任何人会预见后来发生的一切，那些个亲人相聚的夜晚，洋溢在孙家每个人心头的，只有喜悦和骄傲。白天，母亲带领嫂子们忙活在灶坑里，杀猪宰鸭炸油糕；晚上，则一家人围着五叔，听他讲在牛棚里的遭遇，讲我们在乡下永远也听不到的有关城市、国家的事情。这时节，夜是静止的，不动的，动的，只有每个人脸上的眼睛。它们不住地眨巴着，闪烁着，它们一直冲着五叔。看上去，是为了那些悲伤的故事，而听着听着，目光中就传达出喜悦，传达出骄傲了。因为不管那故事多么让人难过，最后都是五叔胜利了，五叔出了牛棚，五叔探亲回了家，而五叔在讲话时流露的知识、学识、见识，是乡下人一辈子都学不来的。

就这么的，先是我们家，再是二娘家，然后再是四婶家。五叔被一家一家请着，名义上，是他的哥嫂请他去吃饭，而实际上，是他将骄傲带给大家。他每走一家，都带着奶奶，只有奶奶，才有资格无数次领略出画家儿子、知识分子儿子带回来的骄傲。五叔挽着奶奶，经过前门，院墙边，绕到粪场，然后走上前街，走向二娘或四婶家。五叔一天一套衣服，也让奶奶一天一套衣服。这时节，奶奶只要见了人，就跟人讲城市，讲哈尔滨。城市，曾是奶奶的伤心之地，但现在不同了，它因画家儿子的解放而变成了骄傲，变成了见识。

是因五叔的骄傲而骄傲，从而唤起了奶奶做婆婆时的尊严，对比出五叔不在身边时的落寞，升腾了那块乌云吗？是五叔因奶奶的骄傲而骄傲，从而再一次重温了奶奶高贵的出身，对比出奶奶是多么与众不同，升腾了那块乌云吗？不得而知。反正，它升腾了，升腾在前街，浮动在前街通往生产队的土道上，当它进了我的家门，上了父母奶奶共同住了十几年的土炕，一个事实，一个具有爆炸性质的事实，一瞬间击中了家中每一个人。那乌云行将落地时变成了声音，那声音是五叔发出的。五叔将我的父母哥嫂都叫到一个屋里，五叔指着奶奶，跟大家说，你奶奶，是见过世面的人，你奶奶她有文化！大家都愣住了，面面相觑。我们的奶奶是孤山镇上基督教徒的女儿，念过国高，我们的奶奶还有一个会七国语言的弟弟，这一点，我们很小就知道，无需叔叔强调。可是，五叔不但要强调，五叔的表情还是凛然的，像冻在窗玻璃上的霜花，散发着非同一般的冷峻。五叔说，你奶奶识文断字，知书达理，你奶奶为我们孙家打过天下，不是一般的家妇，怎么能被一个没文化的家妇下眼看？

屋子里的空气在凝结，很快，凝成冰凌，悬在母亲面前。因为当五叔说出没有文化的家妇，大家都把目光投向了母亲。我不懂五叔是什么意思，但我知道五叔话里的意思是有关奶奶和母亲的。

终于，大哥听懂了，大哥站起来，表情由疑惑转为镇定，大哥说，五叔，有什么话明说，我妈对奶奶到底怎么啦？这时，只见我的母亲嘴角哆嗦，泪在眼里打转。五叔说，问你妈，早上给你奶奶端的鸡蛋水是不是凉的？问你妈，有没有哪个时候你奶奶跟她说话爱搭不理？

五叔的质问刚刚落地，大哥火了，大哥手往桌子上一拍，啪的一声，说，五叔，你要是这么挑我妈毛病，请把奶奶领走。这时，二哥也站起来，二哥说，五叔，你是不是听了什么，在外的人，回家一站一落，不知乡下日子一年三百六十五天的滋味，要是我妈还不好，你爱找谁就找谁吧。

如果说，当时我第一崇拜的人是毛主席，第二崇拜的，就是五叔了，我的两个哥哥顶了我的五叔，一种从未有过的恐怖突然袭向我。很快，不祥就发生了，我的五叔嗷的一声，欲掀开房盖似的，大声叫道，走，我们走，明天就走——

那个大喜之后生出大悲的晚上是怎么一秒一秒度过去的,我已经忘了,能记住的是,我的五叔雷厉风行,第二天一早,就领着奶奶走了,去了前街二娘家。奶奶的行李、衣物、皮箱,是二娘家的哥哥用马车来拉走的,五叔在离开我家时,冲着我的母亲,说了一句话,他说:三嫂,不是只有你能侍候妈,二嫂也能,二嫂有文化。

事实上,五叔不用说这句话,他只要将奶奶领走,对母亲就构成了致命伤害。可是,有谁能够说清,两个哥哥对五叔的顶撞,不是对从大城市回来的知识分子的致命伤害?又有谁能说清,五叔对母亲的挑剔,不是对无法帮母亲在院子里忙活的哥哥们的致命伤害?然而,谁都不知道,五叔的话,对我的伤害,有多么致命。它的致命,在于它说出了一个事实,一个我一直不愿接受的事实——二娘比母亲有文化。它的致命,还在于我一旦接受了这样的事实,便觉得是我在伤害母亲,我成了五叔的帮凶,这可太致命了。

五叔将奶奶领到二娘家不久,就离开乡下返回哈尔滨了。五叔走时,连我们家的门都没有登,足见有文化的人对没有文化的人是多么不屑。知道五叔走,已经是第二天的事了,我悄悄溜出前门后,疯了似的跑到东山岗,好像我能撵上五叔。望着山岗东边通向八里庄光光的土道,我止不住大哭了起来。五叔抛弃了我们,五叔不光抛弃了我们,还将孙家的所有光彩都剥离了我们,剩下的,只有不光彩……

这是我少年时期具有里程碑意义的哭泣,是这一次哭过之后,我被大人们说成长大了——我开始了沉默。

有文化的五叔将有文化的奶奶领到了有文化的二娘家,却并没使二娘家在我眼中的光彩更加夺目,因为别人有理由抛弃母亲,小看母亲,我没有理由!我承认了母亲没文化,这已经深深伤害了她,我不能再加深这种伤害。而不加深伤害的唯一办法,便是再也不上二娘家看她坐在炕上看报纸了。不但如此,且在又一年夏天到来,老苍长出

街与道的宗教 | 071

巴掌大的叶子时，我只要看到，就毫不留情地将它们撅断毁坏。为了撅断驻扎心中的对母亲的伤害，我甚至扔掉了揣在衣兜里不怎么白的布片，四婶也不学了。我干脆就再也不上前街了，即使不得不到二娘家给奶奶送点饺子之类，也绝不抬头张望。

显然，我这么做，并不能减轻母亲的痛苦，我减轻的，是自己的痛苦，是企图用行动来回避一种现实对自己的伤害。在有文化的五叔把有文化的奶奶领到有文化的二娘家的日子，母亲仿佛陷入沼泽的马驹一样陷入了灾难。不能有谁在她面前提起奶奶，一提奶奶她就泪流满面。她十几天爬不起炕，每天晚上，都要大嫂在她的背上拔火罐子，她的后背，轻轻一刮，就乌紫乌紫。母亲原本就不出院门，大病一场之后，更加封闭起来，她说她不想见人，她说把婆婆侍候走了，人们会怎样笑话她。在只有我在院子里与母亲朝夕相伴的时候，母亲常常会自言自语地跟我说，芬子，你也念了书，有了文化，你说，妈偶尔一半回忙活外面的活，凉了鸡蛋水，偶尔一半回，奔着什么事儿，没有工夫和你奶奶说话，这能算不孝敬你奶奶？母亲说，妈知道妈忙的事儿都不是什么大事儿，什么鸡呀鸭呀猪呀，可这就是日子，有文化的人应该懂得什么叫日子！日子，自有自己的过法，你二娘天天看报纸，能当日子过吗？我就看着……母亲的话不需要回答，是痛苦的排解，是陷入了困惑。母亲的话事实上包含了回答，只是那回答留在了时间的后面，需要走出一段岁月。母亲在说完那样的话之后，总忘不了跟一句：芬子，好好念书，千万别像你妈，有理说不出。人有了文化，没有理也能抓着理……

这是十二岁那年，母亲对我的教育。她让我好好念书学文化，只是为了没有理时讲出理来，母亲不理解文化和生活的关系，但她充分肯定了文化的作用。可是，我一点没有因为母亲的肯定，再让二娘家和四婶家在我的眼睛里放出光彩来，原因很简单，它伤害了母亲。那从二娘看报纸的姿态上，四婶衣兜里的手绢上生出的光芒，一旦与五叔从我家领走奶奶的事件连到一起，便生成了更加强大的力量，压迫着、危害着我瘦小的母亲的同时，也压迫着、危害着我弱小的心灵。

放射在前街上的光芒没有了，两年之后，它却以另外一种方式放射了出来。它放射出来，不是光芒，而是声音，是那种喊天天不应，叫地地无门的绝望的号哭的声音。它从前街菜地南边的墙外飘出，直飘到我家的院子里。当时，正是黄昏，父亲从外边下班刚进家门，就听见了那哭声。父亲失明，却有着超凡的听力。那声号哭刚刚撞击父亲耳膜，父亲就知道发生了什么。他于是放下小车，蓦地转身，摸索着走出前门，走出墙边土道，跟跟跄跄朝声音的发出处走去。父亲因为太急，在菜地头的水沟边，一不小心跌了一跤。当父亲爬起，终于来到南墙外，号哭声已经嘶哑成细弱的颤音。父亲弓下腰，一下子就抱起了奶奶，一声迭着一声地说，妈，好啦，别哭，咱回家，妈，别哭，咱回家。

奶奶的家，本已被五叔移植到前街二娘家，可是父亲一说回家，奶奶便不哭了，奶奶爬起来，毫不犹豫就跟父亲回了生产队边上的家。可见父亲从没把二娘家当成奶奶的家，奶奶更是如此。奶奶与母亲是在堂屋里相见的，就如两年前五叔和奶奶在炕头上的相见，她们抱头痛哭。她们哭着，什么都不说，她们什么都不说，却仿佛说了很多。她们哭一会儿，停下来，抹着眼睛，对看一会儿，又都笑了。那个晚上，大哥上二娘家把奶奶的被拿了回来。母亲亲自给奶奶焐了被，帮奶奶一件一件脱了衣服，给奶奶掖好被角，她们好像失散多年的母女终于又找回了对方。奶奶躺下来，痴痴地盯着母亲，盯着盯着，说出了一句在母亲听来，在我听来，一句顶一万句的话，奶奶说，还是你好！

这句话，多让我和母亲感动呵，我相信，我的感动，一定远远超出了母亲的感动，因为在我这里。不光意味母亲在山咀子的声誉得到平反，而在于，二娘是一个有文化的人，一个有文化的人没有没文化的人好，这是否意味没有文化的人比有文化的人还有文化呢？是否意味着，母亲虽然没有文化，却能造出文化的气息，安放奶奶有文化的灵魂呢？如母亲说的那样，日子，自有自己的法则，看报纸不当日子过。

奶奶从二娘家回来了，奶奶在给母亲的声誉彻底平反的同时，也对二娘开始了由表及里、由宏观到微观的控诉。宏观上，奶奶说，不行，就是不行！微观上，奶奶则进入了细节。奶奶说，看报纸儿倒是好事儿，可不能看得连个鸡鸭都懒得养，来人待客连个蛋都端不上；奶奶说，过日子大方是好事，可是不能大方到不计划，杀了年猪天天饺子包子，过了年活一累，菜连点油水都没有；奶奶说，你嫌侍候我麻烦不要紧，不能连一句话都不说，不能像个哑巴，要不是在早我一去串门就跟我讲报纸上的事儿，我哪能听老五的话。

奶奶对二娘的控诉，反衬着母亲的会过、勤劳、宽容，也表达着人不能完美的遗憾。然而，正是奶奶有关二娘的控诉，让我在后来的日子里，比一般孩子更早地开始了有关知识、文化这些词的思考。我似乎明白，知识，绝不等于文化，相反，不识字，绝不等于没有文化。母亲没有知识，但她懂得如何感受亲人们的感受，如何因感受了亲人的感受而去营造日子的氛围，如何在营造日子氛围中学会理解、宽容和忍耐，又如何因营造、创造了日子的氛围而获得心灵的安详、安宁。所谓文化，其实最重要的一点，是将个人的感受融入到更多人的生活中，是一种积极向上的人生态度，是对生活、对日子最本质的理解和参悟。那时，我尚不懂人生这个词，在我那里，最能体现日常形态的词便是母亲常挂在嘴上的日子。

奶奶对二娘的控诉，还使我懂得，知识，如果不能变成对日常生活、周边生命的理解、尊重和了解，便如同煤渣进到猪的胃里不能长成肥肉，成为一家人一年的油水，是对知识深深的伤害。知识伤害了二娘，知识使她不能向现实就范。可是，我也在想，难道二娘不是一个特殊的生命，不需要身边人的理解、了解和宽容？

奶奶最后的话还让我懂得，五叔如果能够设身处地理解乡村日子的本质，尊重母亲的生命，理解奶奶向他诉说几句母亲的不周，只为倾诉，并非真正的挑剔，了解二娘这样一个知识女性，从小镇嫁到乡下已经承受了命运的不公，不应让她再去付出，就不会导致对母亲的伤害，对奶奶的伤害，对二娘的伤害，不会导致大哥二哥对五叔的伤害。可是，我又想，一个在城里被囚禁多年压抑多年的灵魂，突然的被解放，被解救，怎么能不彻底地舞蹈一次？

多年之后，五叔再一次回到乡下，再一次被哥哥们簇拥着回到家中，面对这些被他伤害也伤害过他的面孔，不无悔恨地说，我这人最致命的缺点，是不懂生活，认为生活就是反抗，认为有文化就应该反抗，我错了。五叔的话，让我热泪盈眶。

多年之后，五叔告诉我，其实那一天他根本没想反抗，他也理解我的母亲不容易，都因为他们回家时，我的母亲在猪圈喂猪，没和他说话，要是说了，或者没遇到母亲，都不能发生后来的事。五叔的话，让我知道，即使有了宽容和理解，也还有冥冥之中命运的操纵。

前街的光芒消失了，但从此，我知道，真正的知识，在生活里，真正的文化，在对生活的理解里。

这是由二娘读报纸所生成的精神变成的又一种物质！

场　　院

所谓场院，即打粮用的院子，是堆积、囤放粮食的地方。到了秋天，山野里的谷子、糜子、稗子、高粱、大豆、苞米、花生、水稻相继成熟，大人们把它们收回来，先要将它们送到场院。因为所有的粮食，都要做二度加工，比如苞米需要扒去外面的叶子，谷子、糜子需要脱离穗子。它们襁褓中的孩儿似的，一层层剥离身上的束缚，露出光洁的肌肤，然后物以类聚，在那里等待大人们的估量，等待大人们将它们分散到各家各户。

在我童年的印象里，场院一直都是秋天的产物，只要秋风刮起，野地里庄稼的叶子一天天由绿变黄，由黄变得枯瘦憔悴，大人们就要选好一块地钻进去。这块地，一定是离村子很近的地，相对来说，是屯子的中心，类似粪场，但绝不是洼处，洼处是要有积水的，也绝不是干处，太干的泥土又无法压实。大人们选好这块地，就率先钻到地里，砍了地里的庄稼，拨了庄稼的根子，将庄稼的秸子、根子和地里的草一同拣净，用犁翻开，再套五六匹大马，拉上石磙，在上面一圈一圈滚轧，直到轧成石板一样坚实光滑的平面。

所有的庄稼都站着的时候，场院这块地的庄稼倒下了，所有地垄都还赤裸伸展着的时候，场院这块地的地垄被轧平了。站着的庄稼，总有被砍倒的时候，但并不是所有地垄都要被轧平，所以，被压迫，是场院这块地的宿命。书本里说，哪里有压迫，哪里就有反抗，可是场院被压迫，却并不反抗，大马拉着石磙在地面上跑动时，是有一些吱吱扭扭的声音，但那声音不是场院发出的，而是石磙发出的，是石磙压迫场院发出的。那声音不是反抗，而是欢呼，是歌唱，如同一个胜利者的欢呼和歌唱。

对于一块土地遭受石磙压迫的同情，在我童年的心灵里，从来都不是真实的。它没有进入我的内心，它只是偶一闪念，是一种思想，而不是情感。在我的情感里，只要听到大马拉着石磙在那块被确定为场院的土地上吱吱扭扭歌唱，我的心就激荡开来，澎湃开来。这激荡、澎湃，与听到哨声后的激荡、澎湃完全不同。听到哨声，我的心是像水和火，一荡一荡，一蹿一蹿，让你忍不住想往外跑。而听到石磙声，我的心则是往下沉，吃了定心丸一样。它沉在肺腑里，犹如一块石头沉进湖泊，泛出一圈圈涟漪之后，让你老老实实享受它的溢漫，它的汪洋。

听到石磙在场院上吱吱扭扭歌唱时，我的激荡是沉浸的激荡，我的澎湃是不能唤起行动的澎湃。我常常是痴痴地站在前门口，痴痴地向场院的方向张望、倾听。童年里的场院，就在我家门前，那是一块相对平整的土地，不高也不洼，离屯街很近。我张望，其实什么也望不着，因为从门前到场院，还隔着一块地。而这时节，地里的庄稼往往还没收割。想一目了然，也非常简单，只要猫下腰，顺地垄穿过茂茂密密的庄稼就可以了。可是我绝不穿过地垄，绝不要一目了然，似乎越是这样，溢漫心底的快乐越要长久。

街与道的宗教

我虽然什么也没看见，却仿佛什么都看见了，这是倾听的结果。倾听告诉我，有一个大人正站在场院中间，手里牵着一根缰绳，引着几匹马拉着一串石磙，以他为轴心一圈圈打转。

这场面是实实在在的，是一年一年永不改变的，可是因为是倾听，不是眼见之实，就可以在我的心里汪洋成一片浩瀚海域，我看到的，就不只是几匹马，而是无数匹马，就不只是一串石磙，而是无数串石磙，马与石磙中间，也不只是一个人，而是无数个人。无数个人手中的无数根缰绳在不停转动，便是无数颗太阳的光芒在闪动，于是，痴痴地站在门口的我，望着望着，就眩晕起来，就不知道自己是谁，姓什么了。

然而，隔着庄稼的张望并不能长久，常常是十天不到，横亘在我家门前和场院之间的庄稼就被割倒，一个由泥土压成的光洁而平滑的场院一霎间尽收眼底，一目了然了。到了这时候，即使一目了然了，也没什么关系，因为只要一张幕布拉开，一个屏障推倒，场院上上演的戏剧便就要开始了。场院上的戏剧一经开始，痴痴的张望便不再有任何意义了。其实那张望不过是等待戏剧上演的一个前奏，如同看露天电影时加演在前边的幻灯片。其等待的耐心，沉浸的沉着，皆因了后边的戏剧；那看上去平静的等待，其实包裹了最大的不平静，也都是因为心底太不平静，才现出了又一种平静，如同一根被左右夹击的柱子反而牢固。

看到了光洁而平滑的场院，也就看见了立下汗马功劳的石磙。场院落成，人和马解散，石磙便被解散在场院的边上。这时，我会沿着地边小道，一点点向石磙靠近。我靠近它们，端详它们，对它们的感激之情油然而生。它们的身体在宏观上是滚圆的，微观上，又有一道道隆起的石骨；它们的心是空的，中间通着一根木轴。可正因为有了空心里的木轴，才使它们的心连着马的心，连着人的心，才使它们压迫地面时，有着无限乐观的感觉。因为在痴望中，已经蓄满了对石磙的感激之情，来到石磙面前的时光，便是对十几只石磙的依次抚摸与崇拜了。

童年里的场院，原本是秋天给予的，是大人们在秋天里生成的意志，我却把它看成是石磙给予的，是石磙的意志。应该承认，石磙，曾是我童年里最最崇拜的物体之一。它看上去是空心，在我眼里，却是最最有心的物体。它连着的，不光是人的心，还是人的精神，如同二娘看报纸的姿态连着的一种精神。

石磙连着的精神，无非是对由场院这个舞台上演的收获这出戏的向往。我由对收获季节的向往，导致了对场院的向往，又由对场院的向往，导致了对石磙的崇拜，由此可见，收获，对于我这样一个乡下孩子，是一个多么重要的时刻啊。它首先是大人们的重要时刻，然后才是我的重要时刻，它像太阳和月亮，照亮了大人们一个又一个劳苦的白昼，它因为照亮了大人们的生活而最终影响了我的童年。

那个由场院这个舞台上演的戏剧，最先登台的演员，也是最重要的演员，不是人，而是粮食，而是粮食中的苞米。收获，意味着将田里所有粮食都收回来，可是不知为什么，在我童年印象里，那所有的粮食中，苞米，是最有魅力的角色。大人们一个个把它们从大田里掰下来，再一车车运回到场院，需要十几天的时光。它一经闪亮登场就滔滔不绝源源不断。它从车上往场院哗啦啦流淌的声音，要在整个屯街回荡，经久不息。苞米流淌到场院，形成的不是河，而是山，是山脉，是高低不平连绵起伏的山脉。苞米们在苞米秸上独自站立时，也许展耀过风光过，可是它们一经来到场院，就完全是听天由命随遇而安了。它们你挤我我挤你，它们不计谁在上边谁在下边，它们即使从上面滚下来也满面笑容——在我眼里，那从车上滚动下来被扯碎了叶子的苞米棒，个个都是笑容可掬，仿佛能来到场院这样的地方，已十

街与道的宗教 | 079

分知足，仿佛它们深知这么成千上万地滚到一起，是它们最大的荣耀最大的风光。苞米棒子们在场院流淌成蜿蜒的山脉时，是怎样地映亮了我的眼睛呵，它们在我眼里简直就是一条巨龙，背上闪着波波粼光，威武而凛然。

一只由苞米棒堆成的巨龙一旦坦然而卧，苞米棒便不再是演员，而是演员手中的道具了，如同小镇舞龙队舞在手中的道具。挥舞它们的演员，自然是屯子里所有的女人们。田里的苞米都收进了场院，女人们便一手拿着蒲团，一手拿着穿锥，走出家门，来到场院的苞米堆旁。

扒苞米，这是像我母亲这样的家庭妇女们一年一度最最隆重的聚会了。扒一筐苞米，能挣二厘或三厘工分，没有任何家庭妇女会放弃这挣工分的机会。然而女人们一旦走出家门，挣不挣工分，就不再是她们关心的事情了。她们要把自己打扮得干干净净花枝招展，她们要把头发梳得一丝不乱。我曾亲眼见过母亲为这一天的到来精心准备的情景，母亲提前把压在柜子里的衣服找出来，母亲提前晒了水洗了头，母亲还翻出包袱里一直不舍得用的簪网。母亲做着准备时的样子，好像那不是在灰尘与苞米漫天飞舞的日光下劳动，而是一次串亲，一次会演。那时，我还不能懂得这劳动对于母亲这样很少走出家门的女人的意义；也不知道，我对收获季节的盼望里，其实是糅进了母亲对扒苞米日子的盼望的。我只知道，在扒苞米的日子里，场院是母亲们真正的舞台，一旦有人在大街上传达，明天扒苞米啦，她们就在第二天一大早，天还没亮，就踏着晨露粉墨登场。墨，倒是没有用过，粉，还是要扑一些的，是那种叫玉兰的香粉。她们围坐在苞米堆四周，谁也看不到谁，因为前方是实实惠惠的苞米堆，她们的两侧，挨着的女人倒是能够彼此看到，可是当太阳升起，日光清晰了她们之间的距离，苞米叶子上的灰尘和苞米绒早已落满了她们的肩膀、头发和腿。所以，场院给母亲们提供的舞台,事实上只是一个心里的舞台,我是说,母亲们的观众,除了她们对面的苞米棒子,就是她们心里边的自己了。

  母亲的观众只是她们心目中的自己。不过,这丝毫不会影响母亲们去场院的热情。她们永远是天不亮就起炕,永远是认真地梳洗打扮。当然,母亲们不会知道,对于她们,还有一个十分重要的观众,那便是我。我总是一大早,就跟母亲来到场院。把母亲扒下的苞米叶子一趟一趟抱出去,是我进出场院的理由,而观看母亲们挥舞金黄的苞米穗儿则是我的目的。清早的苞米叶子,带着湿淋淋的露水,触到手上,脸上,凉丝丝的,到了半晌,露水化掉,苞米叶子就干爽起来。观看母亲们,就是在苞米叶子干爽之后开始的。我在暄腾腾的苞米叶子上翻够了跟头,便站在叶子中央,朝母亲们看去。我的耳畔,是被我挤压的苞米叶子重新舒展开来的簌簌声,我的眼前,就是席地而坐的母亲们。她们依次排开围坐,她们围坐的样子,仿佛镶嵌在巨龙身边的珠子,她们的身影映在苍黄色的苞米堆上,她们的双手,不断地向巨龙发起进攻,使巨龙不断地改变形状,一会儿是数十个窟窿,一会儿又整齐划一。

  巨龙,自然是要一点点一天天瘦下去,由巨龙变成瘦龙,而随着母亲眼前那条龙的瘦下去,母亲身后的龙却长了出来。母亲身后的龙一旦长出来,便不再是一条,而是无数条,便不再是苍黄,而是金黄——当脱了叶子的苞米金灿灿地逶迤在母亲们身后,场院便成了一朵正在开放的菊花。

  作为观众,我看到的不是母亲们的穿着和表情,而是她们由身前向身后挥舞的金灿灿的苞米穗子,这对母亲们,是多么不公呵!然而,对母亲更大的不公还在于,随着她们眼前巨龙的越来越小,渐渐地,必将有一些人被挤出这个舞台,也就是说,还不等她们一点点清晰地看到扒苞米的大家,就不得不告别场院了。为了晚一天告别场院,她们一天比一天要起得早，她们为了抢上一日日缩小的地盘，不得不省掉梳洗的时间，于是，那些到最后还能抢到地盘的女人，即使终于有机会面对了面，眼对了眼，也早已是蓬头垢面面目全非了。

母亲的舞台其实是一个虚妄的舞台，是一个骗局，这实在让我难过。作为母亲的观众，我是希望她们快乐的，可是她们在走进场院时是快乐的，而在离开时，却并不快乐。她们的不快乐，还不光因为离开，而是在离开时，总要偷偷往兜里揣一些苞米粒。也许，她们是因为没有得到预期的快乐，才要用物质找回补偿，可是，这反而使她们的不快达到了极致。因为她们往往要被看场院的人喊住，要在众目睽睽之下把兜里的苞米翻出来。在这样的时刻，我的难过会随她们暗淡的目光溜进她们被掏空的兜里，变成一兜沉甸甸的苞米粒。

不过，我的难过是多余的，用不了几天，当场院的苞米过了秤，要一家一户分下去，母亲们以主人身份再度走进场院，就完全是另外一番光景了。这时节，她们走到场院门口，往往要故意站那么一会儿，手故意插进兜里，似在说，怎么，还要翻兜不成？她们看上去十分理直气壮，好像那衣兜里曾经翻出的，不是苞米粒，而是泥土。看场院的，也并不介意对方的故意，或者，故意忽视对方的故意，总是抿嘴一笑，好像那衣兜里曾经翻出的，不是苞米粒，而是友谊的须芽。

事实证明，只要收获着，只要有收获在继续着，场院上的悲剧总是不难化作喜剧的，扒苞米时结下的仇怨，分苞米时就解了，搒豆子时结下的仇怨，分豆子时就解了。我就亲眼看见，昔日为一只鸭子和三哥动过家什的街西王二婶主动上来和母亲搭话。人们一遍遍从场院走回家里，又一遍遍从家里来到场院，来时，空手空车，回时，满车满怀。人们来场院，为的本是自家的粮仓，可是在我眼里，却是为了将仇怨化解；人们来场院，为的本是一年三百六十五天最殷实的得到，在我眼里，却是为了一口瞬间积下的怨怒之气的散去。

然而，有一种东西，却是无论如何都无法化解、散去的，它不但不能被收获化解、收获，反而加剧了它的积淤，它在以往漫长的日子里，也许只是一股气儿，如同母亲们被翻兜积下的气儿，而到了秋后的场院，便不再是气儿了，而是一个落地有声的事实了。

这样的事实，注定要发生在场院，它发生时，注定要在分粮的时刻。它先是被老队长挂在嘴上，老队长往往把着磅秤的秤砣，一边冲会计说，查准了，到底几个人？一边冲身边人群喊，想好啦，可是真分了，别分完了再后悔。之后，就见王德林和他的女人儿子从人群里走出来，异口同声道，分，没什么可后悔的。

在我的童年，乡亲们分家都是从场院分粮时开始的，不管婆婆和儿媳之间的矛盾起在春天还是夏天，都要等到分粮这一天。这一天，一年的口粮都要按人头分配，免除了分到仓里再开仓破柜的麻烦；这一天，老队长就是分家人，一切都公事公办，省得花钱请酒另请分家人。当然也有一些人家婆媳打得不可开交，无法等下去，不得不把已分到仓里和柜子里的粮食倒到院子里，让分家人遭受频繁过秤之苦。然而，双方都在气头上，说分也就分了，事情往往办得干脆利落。等到秋天，怨消气解，再提分家，往往就容易让人伤感，让人下不了决心了。打架时发誓再也不给儿媳哄孩子的婆婆，早在夏天上河套洗澡时，就毁了誓言，抱着孩子一同坐进水里，引逗得孩子嘎嘎大笑；打架发誓再也不帮婆婆洗衣服的儿媳，见婆婆哄了自己孩子，恨不能将婆婆还没穿脏的衣服也拿到河套里洗，要是有了脏衣服，是宁愿一天一趟河套的。于是，听完老队长的话，嘴上都说不后悔，表情却证明了一切。那王德林的小儿媳，老队长喊了三遍，竟然一直就没出来，到第四遍，不得不苦抽着脸站出来，做婆婆的一下子就不忍了，拖着哭韵道：孩子还小，就不分了吧，下一年再说。这种时候，还是男人们冷静，王德林呵地就是一声，再过一年也是分，等他干什么！你想等把儿媳妇气坏了不成?

　　这是一句气话,也是一句反话,其实是怕儿媳把婆婆气坏了。然而恰是这句话,揭示了事物的本质,揭示了一个不可抗拒的现实——迟早,儿子都要从老子那里分出来的,这是任谁都无法改变的现实。婆媳一旦有了裂痕,就是瓜和蒂之间有了缝隙,分裂是迟早的事,一切的补救都是徒劳的。

　　可是,做婆婆的,被儿媳感动,也被男人激怒了,偏不去接受近在眼前的现实,哭韵立即高亢起来,变成反抗:就是不分了,看你怎么样?实在想分,等大儿子回来再说。王德林的大儿子,在本溪煤矿当工人,早就在外边结婚安了家,分家的事,与他一点关系都没有,她没有道理将大儿子也扯进来。做婆婆的之所以将大儿子扯进来,无非是展示一下自己还有一个工人的儿子,以遮掩一下脸面——分家,毕竟不是什么体面的事;无非是向分家这个不体面的现实做最后的挣扎。然而,如此一闹,场院上的气氛一下子就沉闷了,老队长、王德林、王德林的儿子,所有围观的人,都不说话了。大家眼睛看着秤砣,眼仁里的光,却一下子蒸腾了,飘忽了,好像所有人都从王德林女人的无理取闹中,感受了做父母心中那万般无奈的滋味,好像所有人都从中体会了骨肉分离的惨痛。

　　不管沉闷多久,家还是要分的,老队长给足了时间,当断不断,是故意要分家的老子和儿子自己来断,当见老子和儿子都断不了,一声命令便一下子了断了一切:早晚的事,还寻思什么,来,分!

　　场院上的沉闷于是打破了,会计将一家分成两家的粮数一报,劳动力们纷纷行动起来。可是从此,我心底里的沉闷却开始了,因为我看到,当一家的苞米分成了两堆,做婆婆的竟嘤嘤地哭了起来,见婆婆哭,儿媳也哭了起来。

　　于是,我在刚刚懂事的时候,就承受了人世间最最严厉的打击,骨肉分离的打击。亲生的骨肉都分开了,还有什么不可以分开的呢!这样的打击,不是割肉带血的,而是扯骨分筋的,它断掉了我一段时间以来对生活所有的热情,烙印一般烙在了我的心里。我在后来的许多作品里,都绕不过分家这件事情,比如中篇小说《一度春秋》,长篇小说《歇马山庄》。有了这样的打击,父亲抱我亲我,我不再欢呼雀跃了,母亲打我骂我,也不再伤心难过了,因为无论怎样我都知道,离,是迟早的事,有离在后边等着,前边的一切,又有什么重要的呢?!

　　场院上上演的戏剧,其实是一个教你宠辱不惊的戏剧,场院上上演的戏剧,其实真正的内容不是收获,而是分崩离析,不是喜剧,而是悲剧。收获只不过是分离的前奏,是序幕,喜,只不过是悲的引子,是骗局,就像舞台是母亲们的骗局。场院因为不愿意看到人们早早就走进悲苦的现实,于是导演了漫长的收获的过程。仅此而已。

　　自从分家这件事在场院上打开缺口,场院上的热闹在我心里便一天不如一天了,因为我再也不愿凑到分粮的人群里看光景了。打高粱,打豆子的活倒是有些意思,但与这意思相连的,必然是分粮,只要分粮,必然会遇到分家的场面,所以,我很少再去场院了。我顶多站在场院外边,远远地张望,倾听,如同最初的张望和倾听。

　　场院上的热闹,也确实是一天不如一天了,粮是越分越少,场院的地皮,也越露越大了,在场院上干活的劳动力,也是一拨一拨撤出去了,到了初冬,当场院上的花生扑完,缴了公粮,由苞米秸夹成的寨子统统撤掉,曾经热水朝天的场面便梦一样消失在昨日的时光里。

　　这时节,站在我家门前,场院真的是一望可知尽收眼底了。它光洁而平整,平整而辽阔,但因为有昔日的繁华比较,有昔日的丰满比较,显得格外荒凉和寂寞,且隆冬的北风一刮,干枯的草叶在上面来回飞舞,场院在我心里,便成了一个要多悲有多悲的角色了。它任人压迫,从不反抗,它不反抗也许为了日后的热闹、丰满,可是没有几天，又被抛掉热闹，又被抽去丰满，只有无可奈何落入寂寞。它尽管导演了分家的悲剧，可是人还可以有一番挣扎，它连挣扎都没有。如果说是场院导演了分家的悲剧，那么又是谁导演了场院的悲剧呢？如果说舞台上的演员有着悲剧喜剧，那么舞台本身，是否也有着它的悲剧喜剧呢？

对于场院的思索，在我童年的生活里，是要经历一个漫长的冬天的。我远远地看着它，可怜着它，同情着它，有时，我把它想成王德林女人，因为她再不想分家，最后还是顺了大势，服从了老队长的命令，那命令是完全可以不服从的；有时，我把它想成我的母亲，因为她即使被场院骗了，打扮得再干净也无人注意，空赚了扒苞米挣工分的劳累，到了下一年，也还是要粉墨登场；如同场院屡经压迫总不悔改的命运……

我这么看着，想着，春天一点点就到了，春天一到，场院上就有了扶犁和拉犁的人和马了，当场院在人马合作的耕耘下，起了垄，按了种，变成了一块地，我的情感里，便很快长出一地欢快的绿芽，我便像一头记吃不记打的小猪，窜动在地垄边的小道上，一心奔着下一个秋天的到来，什么悲、喜，什么热闹、苍凉，一切的一切，全忘得一干二净。

小夹地

在我出生的年代,辽南乡村的每家每户,都有一块属于自己的地,叫饲料地,即种猪饲料的地。这样的地,一般并不按人口分给,因为人再少,家里也要养一头猪而不能养半头,人再多,家里也只能养一头,顶多不能超过两头。

这样的地,一般都是大片地的边角余料,沟边或坝边。我家的饲料地,分在了屯街北边,通往学校那条道的道边,与东山岗掼下来的那条道垂直。它的后面是一片果林,左边是后街的菜地,右边,隔着道望着的,就是所谓东山街上的人家。因为它的四周,全隔着水沟,没有与任何地块相接,大人们叫它小夹地。

或许是只有地瓜土豆是喂猪最好的饲料的缘故,小夹地里生长的,永远是地瓜和土豆。春季土豆,秋季地瓜。这两种作物,须蔓和根茎有着明显的差异,可在我眼里,却如一对同胎兄弟。因为侍弄它们的,同是一家人,哺育它们的,又同是一块地;重要的是,它们的地头,大人们总要种上一圈苞米,苞米的生长期正好是地瓜和土豆加起来那么长，被同一种作物监护着的作物，不是兄弟还能是什么?!

对于小夹地的感情，是靠日积月累的，事实上，它比我更早的就诞生在我的家里，我出生时，它早已成了我家物质的一部分。在我的童年岁月，父母哥嫂在小夹地上春种夏收夏种秋收，一遍又一遍出入，没一次不是领着我。我比任何时候，都更能亲历大人们在土地上的劳作。我眼看着他们起垄、撒粪、栽种、薅草，眼看着他们额头潮湿汗流浃背。最初，我关注的也许只是在这里干活的大人们，可时间一长，来小夹地次数一多，我便开始关注这里的土豆地瓜了。我看着土豆苗怎样一点点拱出地皮，看着地瓜秧怎样一点点向外吐须；我看着土豆怎样一点点长大，开出了小花，看着地瓜蔓怎样一点点从垄台爬向垄沟，最后覆盖了一整片地……看着看着，小夹地就变成了我生活的一部分，情感的栖息地了。

然而，对小夹地情感的真正认识，还是上学以后才开始的。上学，对每一个乡下孩子，都是一生中最最重大的转折，我在由一个到处疯跑的孩子而一夜之间成为守规守矩的学生时，最大的转折，是从此告别了无忧无虑——对于童年的告别，是从上学开始的。只要上学，恐惧、无穷无尽的苦恼，也就开始了。而一直守候在上学路上的小夹地，则一开始，就承担了对我恐惧心理的了解，烦心和苦恼的见证。

我的学校在小王屯，是山咀子小学的分校。通向小王屯的道是一条深深的地沟。在乡村，像从小镇通到山咀子东山岗那样能够见到平面的道很少，一般的道，都是地与地之间的沟谷，草崖。在我刚刚上学的时候，独自在野地沟谷边行走，是我最最害怕的事情。因为那沟谷里，常常有蜥蜴出没，有专门吃死孩子的野狗出没。那时，我和四婶家的美晶二姐在一个班级上二步，我上一年，她上二年。也就是说，这节老师给我上一年级的课，下节老师给二姐上二年级的课。事实上，我和二姐是可以结伴的，我也确实跟二姐结伴了，前边说过，我常以找二姐上学为由去看四婶揣在腰间的手绢。可是，这只是上学时的事，放学不行，放学时肚子一饿，二姐就没有耐心等我了。那时，我是这茬学生当中最小的一个，只有六岁，二姐落下我，只需一眨眼的工夫。我落在后边，想追上去难上加难，往往是越追不上，越是要追，越想追，就越追不上。风在沟谷边吼着，野狗一样，我不敢回头，只往前看。可是越不敢回头越觉得后边跟了一群狗。有一天，正因害怕后边而目不转睛盯着前边时，一个血淋淋的东西撞到我的眼前，那是小孩尸体。他的身边，一群野狗正你瞪我我瞪你地嘶叫着。

在我小的时候，乡下死孩子的事经常发生，而小孩死了，并不埋葬，而是用稻草裹着尸体送到沟谷边点火烧，常常不等烧焦，就引来了村子里的狗。那一瞬，我的魂魄恍如脱离脖颈的围巾，一下子就向后方飘去。我撒腿就跑，我想快跑，脚却长在了别人腿上，软绵绵的不听使唤。当我终于跑到屯北小夹地，小夹地竟扑通一声搂住我，大哭起来。

哭的本是我，可是我却觉得是小夹地，因为地上的泥土搂住我时，发出簌簌簌簌的声响。在小夹地边，还有果林，还有许多别的地，可是我唯觉得小夹地懂得我的害怕和恐惧。那是春天，地垄上光秃秃的，土豆还没有冒芽，泥土的气息里，有着更多粪的气息，泥土的肌肤里，有着微微的凉意，我却在那里感到了一股温馨和温暖。我紧紧地贴着它，我的身体确实因为紧贴它而不再颤抖，这时，我感到我与小夹地之间的感情，不是泥土与人的感情，而是骨肉相连的感情。

独自行走的恐惧，在我上学伊始，就深深慑住了我。我渴望念书，却害怕走路。书是绝不可以不念的，可是如何才能壮大胆子走路呢？在我刚刚读书的时候，最先降临我生活的，是恐惧，是由恐惧带来的对生活深深的绝望，我不知我该怎么办，我恍如一个走在钢丝上的孩子，进退都是麻烦。我绝望，却不敢向父母讲，因为我知道那是父母不能解决的问题，他们不会让我不上学，他们也不可能陪我上学。于是，小夹地便成了我诉说恐惧和绝望的地方。我诉说，不是用语言，而是用眼泪。几乎每天放学，从小王屯疯跑回来，到小夹地，都要蹲到那里大哭一通。我握着地里的泥土，泪一把鼻涕一把，当哭完离开，回到家里，我的脸便成了大人们吃饭时的笑料。

小夹地里的哭诉，从来都是我一个人的事情，迄今为止，我没有跟父母哥嫂任何人讲过，也没有在任何一篇文章里写过，那是我真正感受人生苦难的开始。在此之前，我对任何苦难的感受，都是瞬间的，可解的，比如挤了后门，还有前门的盼望，运走了粪场，还有再造一个粪场的盼望，冷淡了场院，还有再度热闹的盼望。而只要上学，我哪一天能够摆脱独自行走呢，只要独自行走，我哪一天能够不再害怕呢？

事实上，在后来的日子里，到小学二、三年级的时候，我确实已经不怎么害怕了，一方面，我的后边又有了比我小的学生，走路时，他们可以为我断后；另一方面，随着年龄的增长，我的胆子也确实大了起来。可是，当恐惧日渐离我而去，烦恼又应运而生。它跟胆子无关，却又像是随着胆子长出来的，因为它来到我的生活中时，是以一种叛逆的姿态。它其实只跟作文有关，是我总不能按老师的要求去写大批判稿。

我上小学三年级的时候，文革还没有结束，我们的作文课，便是写大批判稿。写得好的，可在全班和全校朗读。老师教我们写作，是将报纸上的词抄到黑板上，让我们抄下来组成文章，而我偏偏对抄别人的词不感兴趣，自造词句。比如光芒万丈，我非写光芒亿丈，因为我觉得亿比万大；比如再踏上一只脚，我非写再压上一个石磙，因为我觉得石磙的力气比脚大。因此，我永远得不了高分，永远捞不着上台朗读。这且不说，老师会把我生造出来的词当众公布。结果，永世不得翻身的不是阶级敌人，而变成了我。同学们在学校还不敢说什么，只要离开学校，一看到我，就一齐冲我大喊，再压上一个石磙子——

那是怎样的苦难呵！它比恐惧带来的苦难要大一百倍。恐惧完全是一个人的事情，也许，它正因为是一个人的事情才恐惧，可在我的少年时期，在我遭到众人讥讽与毁辱之后，我认为，不管什么大事，只要不被别人知道，就算不上大事。为此，我多么羡慕从前一个人经受的恐惧呵！如果上学，就意味着必须经历苦难，那么我宁愿回到从前的恐惧里。在那样的时候，放学后，我故意在座位上磨蹭，故意走在最后，故意绕道远行。可是有几个男生，他们偏偏等在你的前边，你上哪里，他们就等在哪里。

在你需要等的时候，从来没人等你，在你不需要等的时候，却有人百折不挠地等你。这真是天大的错位——这样的错位，在我后来的成长中，不止一次遇到。他们等在沟谷边，一个挨着一个，他们先是静静的，一言不发，当我不得不从他们身边经过，便突如其来地高喊，"再压上一个石磙子——"。屈辱的泪，顿时就涌出了眼角。是从那时，我体会到，语言的分量远远超出了石磙的分量。

小夹地，再一次成了我哭诉的地方，因为这同样是一个不能向母亲诉说的事情。说也奇怪，那些等着嘲弄我的同学，一到了小夹地，就瞬时作鸟兽散，好像小夹地那躺着的地垄能站起来抽打他们。后来我知道，这是我的想象，事实上跟小夹地无关，是入了屯街，他们看到了自家房顶的炊烟，急着回家吃饭的缘故。在小夹地流一通眼泪，再回家吃饭，那饭送到嘴里，嚼起来，要多苦涩有多苦涩。

有时，刚刚冲进小夹地，刚想让压抑的哭声放出来，突然发现母亲正在那里撸地瓜叶，哭声于是咽进嗓子眼儿，一吞再吞。这样一来，内心还没有得到发泄的感情，反而如滔滔洪水，滚滚而下，淹没掉前方通向家的所有的道。这样一来，吃罢午饭，再上学走到小夹地边，

街与道的宗教 ｜ 091

即使跟美晶二姐在一起不能进去，也要站在道边看上一会儿。

土豆蔓的顶端长出了一串粉绿花蕊，有的已经开出了淡粉色的小花，结出了葱绿色的小柿子。土豆蔓一旦结出"小柿子"，就意味着地里的土豆到了被抠出的日子了，就意味着地瓜蔓可以在地垄上肆意爬行了。我看着它们，心里默默地想，我的被同学围追堵截着嘲弄的日子难道会像土豆蔓一样被大人们拔掉吗？我的发酵在内心的屈辱难道会被大人们抠出吗？可是，即使被拔掉抠出，会不会又像地瓜蔓那样，再长出新的苦难？

事实确实如我怀疑的那样，当那些进攻我的同学削弱了进攻我的热情，对用纸叠手枪发生兴趣，我的心情，又被另一番滋味缚住。

那是三年级的下半年，那是一个炎热的夏天，那滋味泛在我的心上时，有着炙心烙肺的感觉。那也是在回家途中，但跟作文无关，也跟男同学无关。是发生在女同学之间的事，是发生在我和李秀莲之间的事。我们之间，却还要牵进另外一个同学——方丽敏。起初，我并不知道我们之间有什么事，我和李秀莲，都是班里的好学生，又是一对要好的玩伴，但如果不玩，比如上学放学走路，比如上山拾草，我却要跟方丽敏在一起。原因似乎很简单，方丽敏是大城市下来的"五七战士"的女儿，说话非常好听。她家跟我三嫂的娘家都住在一个城市，说起来，她的爸爸是革命派，我三嫂的父亲是被革命的对象，他们是不同的阶级，而我偏偏听从了耳朵的呼唤，没有在意自己的立场。常常，只要放学铃声一响，就盯住方丽敏，等她背上书包离开教室，我会蜜蜂贴住花蕊一样贴紧方丽敏，步调一致向前进。

我跟方丽敏步调一致，并不意味跟李秀莲就不步调一致，我跟李秀莲的步调，体现在上课发言、下课跳格踢毽子上；而跟方丽敏，则体现在走路时的倾听上。也就是说，动时，我需要李秀莲，静时，我需要方丽敏。可是，有一天放学，我和方丽敏在前边正走着，李秀莲急匆匆撵上我,说,孙惠芬,从今往后,别再找我玩了。她丢抹布一样丢下这句话,接着,就风似的向前冲去。我彻底蒙了,不知道发生了什么,不知道什么事会使李秀莲这样。我愣了一会儿,之后跑步去撵她,可是见我撵,她跑得更快,边跑边说,找你的方丽敏去吧。

从此,李秀莲不跟我说话了。上课,只要我发言,她绝不发言,下课,只要有我玩的地方,她绝不加入。从此,李秀莲成了我的心病,不管是上学还是放学,我都佯装到地里看地瓜的长势,偷偷溜到小夹地,在那里苦心等待李秀莲的出现,寻机跟她说话。

李秀莲的家,在山咀子的后街,小夹地的西南方向,抄小道,她必经小夹地边的水沟,可是,她从来就没给过我机会,为了躲我,她宁愿绕道,要是发现我等在小夹地,她就走大道,要是我上了大道,她又赶紧跑到小夹地边的小道。

在我的少年时代,我从未想过,在这个世界上,我会有一个仇敌,而仇敌的生成,是在不知不觉中。她好像早就隐在你的生活中,瞅一个合适的机会,伺机待发。实际上,这样的仇敌,在我后来的成长中,不断涌现,他们不拘男人女人,他们开始都是你身边最亲近的人,他们甚至有可能是你的老师、领导,一个莫名其妙的原因,就莫名其妙地成了仇敌。

有仇敌的日子,心里的安宁彻底失去。实际上自从上学,我的心里就没安宁过。可是恐惧也好,屈辱也罢,都不关涉别人的内心,它们只关涉我自己的内心,它们不管被不被别人知道,受伤的,只我一个人。可现在不同了,现在是两个人,我伤了李秀莲,李秀莲又伤了我,重要的是,我不知道李秀莲恨我到底有多深?

小夹地里的等候是怎样地炙心烙肺,只有我自己知道。烈日烧在我的背上、脸上,又烧在我的心里。当看着李秀莲躲瘟疫一样躲过我,去跟别的学生又说又笑,又疯又闹,我的心,被日光烧灼一般细细地疼了。

说那疼是细细的，是说仿佛针扎一样。后来我知道，这叫嫉妒。只有嫉妒，才会生出那样的疼。我不知不觉有了仇敌，又不知不觉有了嫉妒，看来该有的，老天一样也不会放过。因为李秀莲不跟我说话，她跟别人说话时，就觉得是在讲我的坏话；而因为老觉得李秀莲在讲我的坏话，跟方丽敏在一起时，也就再也没有心情听她说话，这是多么大的痛苦呵！这简直如同把自己放在火里，里里外外烤着煎着。

这痛苦，同样是不能与人诉说的。我发现，自从上学，我的所有痛苦都变成了不能向别人诉说的秘密，都变成了内心的秘密。痛苦，一旦变成内心的秘密，就意味你是一个独立的人，一个大人了。可是我不要独立，不要成为大人，我要诉说。

小夹地再一次成了我哭诉的地方。我哭诉，却没有眼泪，是哭在心里那种。我哭诉，同样不是用语言，而是用手。我用手抓着地瓜地里的泥土，抓一把，向空中抛去，抓一把，再向空中抛去，直到抓出深深的洞，露出粉红色的地瓜。见了地底下粉红色的地瓜，我的哭诉便变成了静静的反省，因为总不能将地瓜也一同抛出去。

我一程一程反省着自己，追溯着犯下不可饶恕的罪行的起因。那起因其实埋得很浅，连地瓜的深度都没有，无非是爱听方丽敏的城市话；无非是我把友情断然分开，服从了我的一部分感觉。细想想，那城市话有什么好听的呢？那城市话，即使好听，听了又多长一块肉不成？再说啦，你爱听，李秀莲爱不爱听呢？李秀莲爱听，人家为什么不像你说甩了别人就甩了别人独自去听呢？反省的结果，有两个问题得到明确：一、我不该对城市话感兴趣；二、不该为了自己的感受破坏了别人的感受。如果说，兴趣，是身体里的，是不可改变的，那么，为了友谊，我完全应该牺牲自己的兴趣，友谊需要付出代价。牺牲，也许是对自己最大的伤害，可是你不在前边伤害，就一定会在后边伤害，当你因不肯牺牲自己的兴趣而树立了仇敌,你势必把友谊和兴趣一遭断送。

可是,我为什么不会像李秀莲不理睬我那样不理睬她呢?为什么不能若无其事地做自己的事呢?

我不能!这正是问题的核心所在,正是我和李秀莲的区别。我没有李秀莲潇洒,我拿不起,放不下,我太在乎别人对我的印象。这是由小夹地见证的我的痛苦的根源所在,是我对自己全新的认识。许多年过去,当我爱上文学,发表了作品,我写的第一篇创作谈的题目是,《我对一切都在乎》。在那篇文章里,我写了多年来深受"在乎"折磨一直活得很累的体会,写了再累也初衷不改地"在乎"的情景,我在结尾处这样写道:少年的经历告诉我,如果你是一个在乎的人,在乎别人,也就是真正地在乎了自己。

两年以后,我们小学毕业,在我们毕业典礼开过之后,李秀莲送给我一个蓝皮日记本。她在日记本的扉页上写道:愿我们的友谊从头开始。我捧着日记,乐得几乎都要晕过去,我疯了似的在沟谷上跑,风敞开了胸膛,一次又一次拥我入怀。我一边跑,一边喊,李秀莲——李秀莲——当我从学校一程一程往家的方向跑,李秀莲早已站在我家小夹地里冲我微笑。

经历了两年的冷战,相互再次走近的时刻,反而要放慢动作,犹如电影中的慢镜头,一切的欢愉都在这放慢的动作中了。我们走到一起,都把后背转给对方,谁也不看谁,好像要是看了,那欢愉便全消失,其实是不好意思。我们站在两根垄上,背对着背,你撞我一下,我撞你一下,直撞得心窝再也藏不住欢愉,嘎嘎嘎笑起来。我们笑着撞着,撞着笑着,我们的样子,好像我们之间什么都没发生过。可是笑着笑着,李秀莲突然就止住了。见她止住了笑,我也停下来,这时,只听李秀莲说,我就知道会有这一天。

我长时间说不出话来，惭愧渐渐地涨满了我的喉口，李秀莲早就知道会有这一天，我为什么就不知道？我要是知道会有这一天，哪里还会那么火烧火燎地疼呢？

李秀莲的这句话，直到我四十岁的现在，仍然记忆犹新。她实在是太了不起，她在那么小的时候，就能走到时光的前面来看问题。多年来，我在每每遇到解不开的难题时，都能想到这句话。尽管我知道，即使我能走到时光前面看问题，也无法做到李秀莲那样坦然。尽管我知道，痛苦、苦难是永恒的，你没有了这样的痛苦，还要有别一样的痛苦，你没有了这样的苦难，还要有别一样的苦难。人，其实就是要无休止地浸泡在现行的苦难中。

为此，我永远感谢我生命中的小夹地。

南王庄

南王庄，是山咀子前边的一个村庄。它坐落在山上，那座山，其实也算不上什么山，土坡而已，却因为比山咀子东山岗的山要高无数倍，而成为我童年里真正的山。南王庄到底有多大，大人们也许知道，但我不知道。我能看到的，就一户人家。那人家悬在翻山而过的那条白白的坡道中央，夏秋之交，绿树成荫，扑朔迷离的样子仿佛长有桂树的月宫；冬春之交，树叶凋零，露出三间房子的轮廓，高耸云天的样子俨然就是天上的又一个人间。

悬挂在南山崖口的南王庄，在我童年的眼睛里，真的就像天上的又一个人间。它是一个村庄，却只有三间房子，它因为只能看见三间房子，而给我带来无限神秘的想象，一如粪场堤坝挡住的那个世界。粪场挡住的世界，总还可以爬上去，南王庄却不可以。因为在山咀子与南王庄之间，有着五六里的路程，中间隔着一个渠道，两条河，两个隔河相望的遥远的甸子。也就是说，南王庄看上去近在眼前，实际上是一个特别难以到达的地方。

我在一篇题为《保姆》的小说里，曾写过它，我虚构了一个故事安放在那里，以寄托着我对南王庄的情思。南王庄令人神往，当然有一个很重要的原因，南王庄前边，有着一片大海。对于大海的神往，还是六岁以后的事情，我在很小的时候，望着南王庄，心里想的事情跟大海无关，而跟身边的现实生活有关。我常想，南王庄是不是也有一个东山岗，是不是也有前街、后街、粪场、场院、小夹地呢？南王庄是不是也住着一个大户人家，有读过书有文化的奶奶，双目失明的父亲，任劳任怨的母亲，天天跟在母亲身边的小孩呢？我不知道一个村庄之外的另一个村庄是什么样子，关于村庄的冥想，便只能是对身边生活的抄袭和复制。

这样的抄袭和复制，直到五岁那年，还在继续。那一年，在山咀子与南王庄之间的电线架子下面，发生了战争。交战的双方，是山咀子的少年们和南王庄的少年们。由我三哥带领的到南甸子割草的山咀子的少年，把电线架子当成自己地盘，南王庄的少年则把电线架子当成他们地盘，刀光剑影的恐惧就乌云一样弥漫开来。

所谓电线架子，听父亲讲，是小日本占领东北后强迫朝鲜民工修建的电网，从吉林老虎哨发电站一直通到大连。它约50米高，1000米间距，架着几根粗壮的电线。它本来是在南王庄的地里，属于南王庄的地盘，可是因为它成天耸立在山咀子少年的眼皮底下，也就一直是山咀子少年与南王庄少年的必争之地。

我没有见过刀光，但我见到过血光，三哥将一摊黏稠的血迹带回家时，肩膀上的肉翻卷着如小孩子的嘴唇一样。父亲从不打孩子，他对孩子最大的惩罚是不让吃饭。皮肉和肚子一同受到惩罚的三哥，一点都不气馁，他在母亲为他擦血时，一再表示，跟南王庄没完。母亲听完三哥的话，以死相胁，说你要是还去打，我就死给你看。三哥说，不是我想打，是南王庄狗子他们不能不打，狗子是它们的头，他也受了伤，也伤了肩膀，他怎么会罢休？！

都受了伤，都伤了肩膀，这仅仅是巧合。可这正应验了我那带有复制色彩的想象——山咀子有什么，南王庄就有什么。山咀子有大田，南王庄也有大田，山咀子有割草的少年，南王庄也有割草的少年，山咀子少年中有一个领头人物三哥，南王庄少年中有一个领头人物狗子，三哥伤了肩膀，狗子也伤了肩膀。那时，我还无法知道，山咀子的少年之所以和南王庄的少年打仗，是因为院子、屯街、土道这一应乡村的地理，无法缚住他们正在成长的热情。打仗的事让我知道，南王庄原来一点也不神秘，它和山咀子一模一样。或许，天下的村庄都一模一样。

在我童年的印象里，村庄是天地的孩子，母亲是天，父亲是地。我之所以不把父亲比作天，大约因为我的父亲比我的母亲更愿意抱我。天和地最初怎么生成了村庄，父母最初怎么就生了我，这一点，我一直感到奇怪，可是，更令我奇怪的是，一奶同胎，还有男有女，有高有矮，村庄怎么能一模一样呢？

这样的困惑，在我六岁那年，得到了彻底的解决。它的解决，得归功于前街王旭功的大闺女王宝莲。王宝莲在南王庄的前边找了婆家，结婚之后，每过十天半月，就回来送一回鱼虾海货。王宝莲何时结的婚，没人告诉我，她穿着粉红的小褂，在南王庄崖口出现，却要口口相传，一个传一个传到我的耳朵。传这样的话的，首先是母亲。她常常在院子里走着走着，突然就停下来，之后，招呼奶奶，说，妈，你看，王旭功的大闺女又回来送海货啦。奶奶于是从蒲团上颤巍巍站起来，扶着院墙，朝南王庄张望，边望边说，都说王旭功穷命，老早死了老婆，看，这回不是好啦！

那个移动在南王庄崖口上粉红的点点，向山咀子一次又一次灌输并证明的，原本是王旭功的苦尽甜来，可它向我一次又一次灌输和证明的,却是南王庄与山咀子的大不相同——南王庄前边有个富裕的大海! 当然南王庄不是大海,与海边还有着一段距离,但当知道南王庄前边有一个大海,南王庄在我眼里却怎么也不是原来的南王庄了。当我知道南王庄前边有个大海,南王庄是不是原来的南王庄,是不是和山咀子一样的村庄,已经变得不重要了。

对南王庄前边那个大海的了解,是随着王宝莲的不断返回加深的。大人们说,王宝莲大包小裹从海边送回来的,不但有鱼虾,还有海蜇、海兔子、海蛎子、花蛤。大人们说,王宝莲的男人是掌船的,常年跑海,那海连着烟台、青岛、日本、朝鲜、连着世界。世界这个词最初降临我的生活,并不比朝鲜更有震撼力,在我童年的心灵里,朝鲜就是最大的世界。因为母亲曾经告诉我,我的二舅就是在朝鲜跟美国人打仗牺牲在战场上的。朝鲜有美国人,还有炮火连天的战场,它怎么能不是最大的世界!

大海的出现,给我带来了怎样的憧憬呵!对它的想象,再也不是对身边生活的抄袭和复制了,它有了与身边生活迥异的全新的模样,它的辽阔是由浪花赋予的,它的宽广是由风帆度量的,它的丰富是由爬行游动的海物展现的,它因为连着朝鲜而连着世界。可是,浪花、风帆、海货、朝鲜,又到底是什么样子?

南王庄挡住了我的眼,却挡不住一个六岁孩子对一个未知世界的憧憬。这样的憧憬,多半要发生在白天,发生在晴空万里的阳光下,因为只有这时,南王庄的山岗上,才会反射出霍亮霍亮的金光。时间一长,到王宝莲往家背海货的同时,还要背上一个孩子,南王庄便已经深深得罪了我,成了我心目中的敌人。如同我深深地得罪了李秀莲,成了李秀莲的敌人。李秀莲不跟我说话,我也不跟南王庄说话,当然,我想说也是说不上的,我是说,我多么想像愚公那样带领子孙把南王庄搬走啊!

与南王庄之间的对峙，一直持续到十四岁。十四岁之前，我在南王庄与山咀子之间的河套洗澡、拾草、挖野菜，远远地望着它，从不去理睬它。有一年大年三十，发纸的时候，南王庄的山崖口着起了大火，火焰先是在房子周围燎舔，后来，一点点漫到了旁边的山坡，最后，整个一个山坡被火光染红。山咀子的大人们纷纷涌出家门，为一场祸难捶胸顿足，我却高兴得什么似的，以为这一回南王庄可要烧焦烧没了。可是第二天天亮一看，房子还是房子，山坡还是山坡，南王庄还是南王庄，只不过烧焦了山坡上的荒草。而当焦煳的黑色覆盖了整个山脊，眼前一片黑暗，心底的郁闷便更重了。

真正穿过南王庄见到大海，还是十四岁那年。从六岁到十四岁，这是怎样的八年呵。是家、院子、前门、后门、东山岗、粪场、前街、小夹地，这样一些地理构成了我的另一部分生活，以它绚丽的色彩，遮蔽着我对一个地方的日思夜想，使我拥有等待的耐心吗？还是只有长大，才会拥有这样的权力？不得而知。在我十四岁那年夏天，王宝莲的妹妹王敏，带着我、方丽敏、由桂娟、于桂荣、王保华，在粉房街集合，开始了进军大海的划时代之旅。

我们的名义，是赶海，王敏到过她的姐姐家，她认道。我们象征性地带着一只柳条筐，象征性地戴着套袖，挽着裤腿，为了骗取母亲的午饭，我们还真诚地向母亲承诺。我们私下商定，都穿鲜艳的衣裳，以便像王敏姐姐王宝莲那样，一下了南王庄就被村人看见。踩着晨露，我们蹚过渠道，蹚过头道河，转过稻田的坝埂，蹚过二道河，再进入苞米地深处的沟谷。事实上，我们一出了家门，就淹没在杂草丛生的沟谷里，王宝莲在南王庄崖口上飘起的红影，是秋天或冬天庄稼收割了的缘故。我们一路叽叽喳喳，麻雀似的，我们还没走出多远，就出了一身汗，因为这时，日光已经烈烈地照在了身上。

南王庄被我们踩在脚下了，它一旦踩在我们脚下，就变得和山咀差不多了，草垛、猪圈、院墙、马车和粪场，包括气味，都熟悉得不能再熟悉。不过，这没关系，我们并不失望，因为我们压根没对南王庄抱什么希望，我们是要看海。

事实上，要看大海，到南王庄才只走了四分之一的路程，南王庄前边，还有渠道、河流、稻田、苞米地，苞米地前边，还有小姜屯，大姜屯，盛家。我们的汗越走越多，都湿透了衣裳，我们的话却越来越少，当我们最后看到大海，我们差一点就哭了出来。

我们差一点哭了出来，不是因为累的，而是因为失望。我们是很累，可是为了看海，累一点又有什么呢。我们的失望却让我们没有准备，大海没有带给我们想象那样的富有，大海给我们的第一印象不是有，而是什么都没有。大海原来什么都没有！一个潮沟前边，除了泥滩就是泥滩，泥滩前边，是一望无际的亮，一览无余的亮，没有水，没有船，看不到朝鲜，也看不见海货，我们甚至看不到天边，我们这么累，又走了这么远，原来什么也看不见。

那时，我们并不知道，辽阔无边，一望无际，正是大海的真正面目，我们并不知道，这没有，是因为大海退了潮，而这退潮之后的没有，恰隐藏着另外一种有。我们只是默默地朝前方走着，心底里有一股说不出的潮绪一点点向眼睛漫来。

我们走着，是因为我们并不甘心，可是，走着走着，我们看到了前方的有，我们的前方，一片泥滩前面，有一群黑压压的人在泥滩上拣着什么。这时，只听王敏嗷叫一声跳下堤坝，赶海啦——

这是始料不及的事情，我们惊愕片刻，立即醒悟，于是也像王敏那样一面大喊赶海啦，一边跳下堤坝，朝海滩涌去。

尽管，王宝莲曾一次次向我们证明过，但我们怎么也想不到，这看上去平平的泥滩底下，居然藏着如此丰富的海物；我们想不到，同在一个地球，这里和山咀子竟这么不同。然而，让我更意想不到的是，正是这丰富的不能再丰富的海滩，让我一生再也不想赶海了。

海滩是硬的，看上去是泥，其实是沙，脚踩上去，像石板一样，但手挖进去，却很容易瓦解。事实上都因为沙粒太细，又被水淘过。就是这被海水淘过的海滩下面，用手一层层挖下去，会有一层层的海钱儿（一种海螺）、花蛤、毛蚬子。花蛤和毛蚬子是偶尔可见，数海钱儿最多。最初见到它们，我们几乎都有些呆了，不知道身在何处。我们愣愣地看着赶海的人们，好长时间缓不过来。后来，一点点地，我们缓过来了，我们一旦缓过来，眼前的沙滩便成了我们的战场。我们统统哈下腰，撅着屁股，拼力朝沙滩扒着，因为着急，我们把海钱儿和沙粒一同装到筐里，然后再把沙滩扒一个深坑，把筐放到深坑，用水淘洗。我扒着，淘着，内心的激动无以言表，那一瞬间，我觉得整个世界都是我的。

整个世界都是我的，这是我第一次赶海的真切感受。可是，就在我急着将世界装进我的筐里时，我的筐已经满了。其实才半小时不到，可是我的筐已经满了，我的筐太小了。王敏、由桂娟、方丽敏，她们的筐都比我大，她们的筐都没满。这时，我感到心里的某个部位在隐隐作痛。开始，还是心里的某个部位，很快，就顶上了脑门，顶上了太阳穴，到后来，我觉得我浑身发胀，想疯。

我在十四岁那年，体会了物欲的瞬间膨胀，体会了物欲膨胀得不到满足的疯狂、难受。我的眼珠子在一程程往外鼓，我的牙齿把嘴唇咬疼，我一遍又一遍望着家的方向叹气。后来，我蹲下来，将脚下的海滩挖出一个又一个深坑，我把筐里的海钱儿倒进去——我把它倒进去，是希望自己是一个一无所有的人，可是我又把坑里的海钱儿装进筐——我把它装进筐，是我不知道怎么折腾才更舒服。然而就在这么折腾来折腾去时，突生一念，何不把筐里的海钱儿倒出去，专拣花蛤和毛蚶？

当时，我并不知道花蛤、毛蚶和海钱儿哪一种更好，只是凭感觉，因为花蛤和毛蚶都比海钱儿大而少。这一感觉是如何救了我呵！如果拣上一筐花蛤毛蚶，即使筐小，也完全比得上王敏她们一筐海钱儿。我撒网一样将海钱儿撒到海滩上，撇过厚厚的海钱儿，专去找零零星星的花蛤、毛蚶。

然而，没有一会儿，脚下的海水一点点涨高，海滩上赶海的人纷纷撤退，筐里只有十几个毛蚶的我，一下子就慌了，我站在那里，泪突地涌满眼角，与脚下的潮水迷蒙到一起。

可以想见，回家的道是泪水铺成的道，我拎着空空的小筐，一路不停地抹着眼泪。当走到南王庄崖口，望着了前边的旬子，想到身上穿的红衣裳，哭得更凶了。看我太可怜，在南王庄后坡，由王敏提议，每人分给我一捧海钱儿。可小筐沉起来的我并没有止住泪水，我的心里反而更加疼痛，是细针扎着的那种疼痛。

南王庄成了我永远的伤痛所在。南王庄记录着我的伤痛。那次之后，我再也不去赶海了，我怕看到无穷的物质，我知道我处理不好那样的事情。

那次之后，每遇到突如其来的诸多利益，我都会想到赶海的教训，从而懂得，放弃，反而是一种得到。

南王庄挡不住另一个世界的博大，同时，也让我知道了这博大的世界究竟有多少东西属于你。

南甸子

在我童年的老家,对大田有两种叫法,生长稻子的水田,被称为甸子,而生长苞米、地瓜、大豆的旱田,被叫作山。屯街上,两个人碰面,一个人若问,上山呵?另一个则答:不,下甸子!甸子和山,明显地区分着洼处和高处,大人们语气里的上和下,便也包含了力气的多和少。

实际上,真正出力的活是下甸子而不是上山。上山也是要出力的,但那力是出一分便可得到一分的效果的。比如往地里挑粪,你一使劲,力气上肩,扁担也上了肩,扁担上肩的刹那往往还要往上弹一程。而下甸子不行,甸子里放了水,水又浸透了泥,你一使劲,力气便陷进泥里,即使扁担上了肩,也还要有足够的力气从泥里往外跋涉,而后脚的跋涉又正好加重了前脚深陷的程度,于是,甸子里的活路是出两分力才可以得到一分的效果的,甚至更少。

山咀子的甸子在屯街的南边,隔着菜地,渠道和一条小河。大人们称作南甸子。南,即指明了方向,也指示了距离——那种隔着什么的距离。对南甸子活路艰苦的感受，是到我辍学之后才拥有的。在此之前，我只知道老队长分派活的时候，说谁谁下甸子，那谁谁的脸子就阴下来，吐出的烟圈，要特别地悠长，站起来，向南甸子迈去的脚步，要特别拖沓，似乎能挨一阵是一阵，到实在挨不过，进了水里，腿陷进泥里，烟捞不着抽不说，你是越拖沓越挪不动腿，想偷懒也偷不成了。

在我童年的印象里，最不愿意下甸子干活的，要数三哥了。三哥上学的年龄，南甸子是他常去的地方，抓青蛙，摸钩子虾，越过甸子到电线架下去打仗。每次从那里回来，他都是一身泥土，满脸的激情，好像那里给了他金银宝贝。下学之后，他却变了一个人，到南甸子干一天活回来，脸上不但见不出激情，且像遭了严霜似的一进门就耷拉脑袋。并动辄哭叽溜溜跟父亲说，下甸子干活，还不如死了。父亲一听，勃然大怒，我要是眼好，一个人就养了家，哪里会用你这个兔崽子，有本事你去死！

那时，在我看来，父亲挑大粪已经是世界上最累的活了，再累也累不过挑大粪。父亲的训斥在我听来，便特别解渴。当然，愿意听父亲训三哥的重要原因，还在于我和三哥之间的关系。三哥那时已进入青春期，特爱干净，饭桌上，常常跟我打架，只要我端起饭碗，就指着我的指甲，说，看你指甲黑的，让人恶心。我尽管还小，泥里土里玩得不知道干净，但已懂得在哥嫂侄子面前要面子，大侄子只小我三岁。见前后左右都是嗤笑的目光，我无地自容，摔了筷子大哭起来。本以为哭会遮羞，岂不知反而更暴露了羞，侄子这时正趴在门槛上，瞅我嘻嘻笑。一肚子的气于是积在了三哥身上。听到父亲骂三哥有本事就去死，心底要多高兴有多高兴，我当然不希望三哥去死，三哥越是不死，越让我开心，因为只有这样，我才能每天都能看到三哥从大甸子回来哭哭叽叽的样子。

其实我算错了账,他越是没有好心情,就越是看我不顺眼,越要训我。

南甸子的活到底有多累,南甸子到底怎样压抑着一个乡下青年的理想,童年的我无法知道。三哥二十岁那年,在大哥的努力下,告别南甸子,到小镇做了拖拉机手。三哥得知消息,在院子里连蹦三个高,振臂高呼毛主席万岁。可是,老天仿佛有意报复我的幸灾乐祸,三哥走了,我却来了。一转眼,从南甸子哭哭叽叽回来的,是我,而不再是三哥了。

在我读书的时候,大学的招生制度还没有恢复,可不知为什么我一直坚信我不属于乡村。或许正因为如此,多年来我对三哥的痛苦持有审视、旁观的态度。我坚信我不属于乡村,却并不拒绝乡村,我毅然回到了乡村,回到了南甸子,可见南甸子注定是我人生旅途的一段路。

那正是漫长的春天,正是大人们最怵的插秧季节。不知是插秧活路的劳累,使大人们觉得春天格外漫长,还是因为春天的漫长,才使插秧的活路格外地累,反正,春天的漫长,正是从这个季节嵌入我的体验成为我的经验,从而改变我的生活的。我在后来发表的小说《小窗絮雨》《一度春秋》中屡屡写到,足见它对我的影响之深。春天的漫长是由悬在头顶的太阳来证明的。太阳,是春天最最忠实的使者,它一旦升起来,便很难落下去,她在天上一寸一寸移动,它从来都不让你看出它在移动,它却静静地监视着你的移动。当一个人的脚和手都插在一尺多深的泥土里,大头朝下,腰弯成一百八十度,身上的衣裳褪到肩上,露出后背,当动一步是水,动十步还是水,哈腰是水,抬头还是水,太阳一动不动地照耀,便要多恶毒有多恶毒了。汗,是从后背上流出的,背托不住,又流到胸怀,流到脖颈,与额上的汗,脸上的汗,在脖颈上会师,一滴滴溅落,到它们落到水里,汗便不再是汗,而是喊天不应叫地无门的呐喊了。

喊着快一点插到地头,好在池坝上抻抻腰站一站,喊着快一点来到中午,好回家坐到高桌上享受午饭,喊着快一点打发日落,好在土炕上伸展四肢一睡方休。然而,往往越是喊着,急着,那奔着的时刻越是不来。有时,那时刻终于来了,比如插到了地头,你直起了腰,你却发现你在身体舒服的一刻,心里不舒服了,因为只要你站直,你就能看到小镇。它就在南甸子的东南方向,由影影绰绰的房子组成,它的旁边还有一条官道,官道上影影绰绰跑着汽车。它在南王庄山岗向东延伸的尽头,是甸子上一处看得见摸不着的遥远的风景。这样的风景里,因为藏着一所高中,藏着那么多不出力就能挣到工资的工人,一旦进到你的眼中,便毫无疑问会发酵你心中的委屈,酿成只有你自己能够听到的呻吟了。于是,刚刚抬起头,又要低下去,好不容易盼到午饭,又无心下咽,好不容易盼到夜晚,又要辗转反侧难以成眠。

春天之所以漫长,其实是从夜晚就开始了的。

漫长的春天,漫长的下甸子插秧的季节,在折磨着我的腰肢的同时,如何无孔不入地煎熬着我的内心,只有我自己知道。我曲着脸,我深知我苦脸悲悲的样子一定比三哥还要难看。不过,我没有想到死,没有当父亲提到死,我只是将一肚子的委屈和压抑写到日记里。我是说,当我从一天的劳累中跋涉出,好不容易回到夜晚的土炕,我又在日记上开始了新一轮的跋涉。这跋涉,和白天的跋涉明显不同,白天的跋涉,是脚踩着真正的泥土,靠的是力气和意志,夜晚日记上的跋涉,是情绪弥漫在幽暗的屋子里,靠的是心智和想象。白天的跋涉,进行在无限难熬的时间里,夜晚里的跋涉,则进行在无限幽深的空间里。时间,只是一个日出日落的过程,空间,却是过去、现在、未来的记忆和想象。我忆起了我读过的所有大书,《林海雪原》《野火春风斗古城》《苦菜花》《百炼成钢》《毁灭》,忆起了读这些大书时曾经萌生的长大了也当一名作家的理想。事实上，当作家的理想，小学三年级读第一本大书时就萌生了。一直觉得乡村不属于我，或许正是缘于这种理想。

我在这样漫长春天的夜晚，在记忆里一程一程寻到了曾经的理想，其实是对现实的一种逃避，是对疲累的一种精神抚慰，如同一个挨了母亲打的孩子哭够了，转身对别的孩子说：你看，我还有铁蛋呢，你有吗？此时，我在告诉自己，我还有理想呢！可是，我一点都不知道，我的思绪，一旦涉入理想这块领地，我的心，便会像豆秸撞到火花一样，哔哔啪啪燃烧起来，我的笔，在日记里的跋涉，便成了火焰中独自的舞蹈了。

我不停地在日记上写着，我写着的东西，都是我生活中没有的东西，比如我当不了作家，当不了诗人，就在日记上抄写作家的作品。我抄写茅盾的《子夜》，鲁迅的《呐喊》，泰戈尔的诗；比如我上不了高中，就在日记里不厌其烦地描写高中校园的美好，宽阔的操场，高高的篮球架，矮矮的单双杠，经久不息的读书声；比如做不了镇上的工人，我就在日记里想象镇子上的工人是如何牛气，如何对乡下人爱搭不理，我甚至还这样写道，有一天，他们的自行车一下子被上南碱滩拉碱泥的马车撞翻，他们居然跳上马车要求赔偿。因为我的生活中没有。我便只有发挥想象。我的没有恰恰培养了我，使我开始了有——有的，当然不是现实，是想象和创造的现实，这想象和创造，对我多么重要呵！

我的想象是从空无一物的地方开始的。我的想象又是从远在天边的事物向近在眼前的事物滑落的。比如开始，我想的是当作家，到后来，竟变成想为村里出嫁的姑娘做一个伴娘了。

半月二十天过去，大片的稻秧插完，那先插的稻田已开始长草，而一旦到了薅草这遍程序，日光下的跋涉，则变成雨雾里的跋涉了。

这时，手拔着池水里的草，脚往泥里揉着拔下的草，衣裳贴在湿湿的背上，南甸子上的劳动，真是没人不想逃避。想逃，自然要有正当理由。在我的老家，女劳动力旷工，最最正当的理由，便是为新婚女子当伴娘。大人们将伴娘叫成"陪婚的"，意为陪着新娘坐车坐床，做一整天的闲人。我刚下学，与大龄青年没有交往，自然不会被选中，于是，做伴娘便成了我劳累时最最近在眼前的盼望。是做不成，才盼望，才想象，到后来，想得时间久了，一点点地，我竟真的把自己当成伴娘了。我在意念里，每天都要坐在新娘身边，我因为经常坐在新娘身边，而有机会耐心而细致地察看新娘的一举一动，一言一笑，于是，一篇叫作《新嫁娘》的文章，便诞生在我的日记上。

原本，我想象着的，是伴娘，结果，却写了新嫁娘，可见我由压抑而生成的想象有着怎样的穿透力。这便是我的处女作《静坐喜床》的诞生。这篇作品，发表在1982年五月号《海燕》杂志上，题目是编辑改的。跟这篇作品同期发表的，是题为《希望》的散文，发表在安徽合肥《无名文学》杂志上。也是当年的日记。正是因为绝望，才抒发着内心的希望。我在那篇幼稚的散文里，写过一句并不幼稚的话：人生，就是在用希望喂养着。

事实证明，夜晚里的跋涉，是白天给予的，相反，正因为有了夜晚里的跋涉，才有了白天干活的耐心和毅力，正因为有了夜晚里的跋涉，才有了后来我的写作生涯。也就是说，我的真正在文学道路上的起步，是从夜晚日记上的跋涉开始的。也就是说，我的真正离开南甸子，是从坚守南甸子那一天开始的。

这有点以毒攻毒的味道，但事实确实如此，我因为坚守了南甸子上的劳动，才在一年以后村里妇女队长结婚时，当上了妇女队长；我因为当上妇女队长有机会到公社开会，才在文化站的宣传板上看到一份征稿启事，才使日记上的蝇头小字有机会印成铅字成为文学作品。

1984年，当我因《静坐喜床》的发表并获奖而接到市文联保送到辽宁文学院进修的通知，我做的第一件事，就是冲出家门，穿过菜地、渠道、小河，来到一马平川的南甸子。我站在那里，久久地凝望着这里的池坝，刚翻过的泥土。因为是冬天，地结了冰，凝结在一朵一朵翻卷着的泥土中央。其实，在这里，我只干了一整年的活，1977年，我也和三哥一样，在大哥的帮助下，到哥哥所在的农机修造厂干了家属工，1980年，又考入小镇制镜厂画玻璃画。对于南甸子的告别，已经是六七年的事情了，可不知为什么，唯有这次告别，让我想起南甸子，似乎它们有着必然的因与果的联系。我看着大田，想象着它们在那样一个春天和夏天对我腿脚的浸泡，不禁百感交集。我在想，没有它的浸泡，会有我的今天吗？我又想，要有今天，必得经过它的浸泡吗？我还想，它浸泡了祖祖辈辈一代又一代农民，他们中的绝大多数，一辈子都没有离开它，他们心中的南甸子，又是一个什么样子呢？南甸子给予他们的，又是什么样的命运呢？

小　镇

　　我说的小镇，就是青堆子镇。位于黄海北岸，因镇南老港边有个土坨名叫青堆子而得名。听五叔讲，小镇最初的形成，跟四处云游的僧人有关。在唐代，僧人在此结庐为庵，人烟渐集而成村落。到了明朝晚期，因为渐渐发展成为滨海商业小镇，成了关内直鲁流民涌向东北地区中转地之一。清乾隆二年，也就是1737年，已成为初具规模的港口集市了。嘉庆年间，这里商业尤其繁荣，与烟台、天津、上海等地商船往来十分频繁，大量的粮食与土特产，大量的日用品在这里输出输入，清光绪三十二年，庄河建厅时，青堆子已兴建商业特别区，有居民400多户，达3500多人，沿街店铺鳞次栉比，小港舟楫往来昼夜不停，商业繁华异常，并开始创建小学。到了清宣统年间，这里的繁荣吸引了丹麦女教士聂乐信，她从大洋彼岸不远万里来此建基督教堂，附设崇信女校，增设男校和讲书堂。民国15年（1926年），镇内设有自治公所、巡警局、巡防队、税捐局、邮便局、邮报局、盐务局、商会和小学校等，商店有120多家，与烟台、上海、岫岩、海城、凤城、安东等地贸易联系紧密。民国二十年（1931年），东北沦陷后，日本在此驻军，岫岩、凤城及附近各地地主豪绅为避抗日烽火，大量迁入，人口激增，到民国二十三年（1934年），居民已达19770人，出现畸形繁荣，工商户发展到70多户，酒馆、妓院、戏院，应时而生，成为日占时期鼎盛阶段，其繁华超过当时的县城庄河。

  我之所以不厌其烦地在这里追溯小镇的历史渊源，是因为它与我的家族历史有着血缘的关系。也就是说，没有小镇曾经的繁荣，就没有我们孙氏家族曾经的繁荣，就没有爷爷的身世，奶奶的身世，就没有我的奶奶嫁给爷爷后生出的这一支后人。奶奶从小镇书香门第嫁到山咀子，与孙家曾在小镇上的地位一定不无关系。曾在前边写过，我们孙氏家族祖籍山东登州府海阳县，1866年从山东迁居辽南青堆子小镇。听奶奶讲，爷爷的高祖就是在小镇上做学徒时发的家。爷爷高祖的发家曾有一段佳话，是说他在一家店铺做学徒的时候，一天夜里，财东在店铺后房聚赌，唯有高祖照料前房各处，突来一人给财东送信，送信人走后，出于好奇，高祖偷看了没有封口的信件，信上转告财东明天高粱涨价，让财东速买高粱囤积。高祖看信后连夜借钱，买了整个东丰县的高粱，凭空发了一笔横财。这个故事，多少有一些传奇色彩，不过确实是爷爷高祖的机智，使他的后人孙桐、孙云有机会读书深造，考入北京国子监做贡生，后在朝廷里做了高官。他们曾安北京故宫的构造图，在镇郊建了一套三进三出三院的房子。这座房子，如今已经废弃，五叔在向我讲述家族故事时，曾将它见过的房子画在一张纸上，并将当年遗留下来的珍奇古迹一并画出：四周刻有麒麟送子浮雕的上马石，高两米、有八个石面、上端刻有四朵祥云一轮红日的拴马杆，拥有好几种书种的竹板套书，"四书五经"《三国志》《康熙字典》《景岳全书》《史记》《诗经》《易经》《红楼梦》《西游记》《金瓶梅》等。还有玉石嘴的大烟袋，牛角烟缸，铜座烟炉，宣德炉，仁德堂手炉、石锁、图章、套盒、象棋谱，等等。在那舟楫往来频繁、商业繁华异常的年代，孙家日子到底红火到什么样子，我不知道。我只知道，孙家在小镇的败落，是在爷爷的父亲那一代的晚年。爷爷的父亲孙树范在晚年里，与兄弟三个对鸦片贪噬如命，他们不但自己贪，还带动了他们的女人，于是，八个人八杆烟枪，一直把富豪的家业抽空抽光。到后来爷爷的父亲不得不领着爷爷流落乡下，靠租房维生。一直到奶奶与爷爷结婚后，又流落到周山咀于家大院。

事实上，即使如此，孙家祖上的余威也并没散尽。它的依然散发光彩，并非因为爷爷跟他的父亲在搬家沦落的途中，还保存着一些竹板书、字画、手炉和石锁之类，当一个家族的家境大势一去，那些古董珍迹散发的，早已不是光彩，而是霉烂腐朽之气了。我是说，当在小镇上做着私塾校长、在教堂里做着主持的奶奶的父亲，从提亲人的嘴里得知未来的女婿竟是青堆镇上出过秀才的富豪人家的后人，是盖无不同意之理的。而读过四书五经的奶奶嫁给已经沦为农民的爷爷，是一次怎样地位的陷落、身份的陷落、生活质量的陷落呵！

我在一篇题为《歌哭》的小说里，曾以虚构的方式讲述了奶奶的陷落，在那里，我把我的家族想象成奶奶的家族，而把爷爷写成一个出身寒门的土匪。奶奶从温馨无比的书香门第嫁到一贫如洗的农家土院后，曾几次逃跑都被爷爷抓住。从此，一个望门贵族滑落到深井的奶奶便开始了向深井外边的爬行。奶奶终其一生的努力，最后却真的掉进故乡屯街的深井里。

这是虚构的奶奶，我之所以虚构奶奶，是因为成年之后，我一直不能想象奶奶从小镇上嫁到山咀子的最初岁月是怎样度过的。我无法知道，于是我动用了想象。事实上，现实的奶奶没有终其一生的努力，她在嫁到山咀子十几年之后，当她的孩子们相继长大，她很快就确立了孙家在青堆子小镇上的地位。也就是说，奶奶因为孙氏家族在小镇上曾经的地位嫁给爷爷，奶奶又在嫁给爷爷后，重新确立了孙家在小镇上的地位。她培养儿女读书，教他们知书达理通晓文化，奶奶通过她在国民党军校读书的弟弟王介夫，将二大爷送去当兵，又将大姑、大姑父、四叔送到沈阳铁路。奶奶通过自己的言传身教，挖掘了藏在五叔基因中的美术天赋，使五叔后来成为辽南乡村第一个考进鲁迅美术学院的高才生。在一篇题为《飞翔之姿》的小说里，我曾详尽地叙述了奶奶对五叔的培养。事实上，在奶奶建立的孙家与小镇的最新关系里，其本质，是与小镇毫无关系。她的儿女早就超越了小镇，在小镇外面的世界发展。即使奶奶牺牲了我的父亲，十三岁就让他跑买卖养家，没有让他读书，奶奶也绝不让他只停留在小镇上。然而，这反而更大范围地影响了小镇，能把小镇上一个读书人家的大小姐娶回家中做我的二娘，能把一个店铺掌柜的女儿娶回家中做我的四婶，足以证明一切。

当然有一点毋庸置疑，小镇的存在，小镇与山咀子距离得并不遥远，与奶奶的培养同样重要。它在明昭着我们孙氏家族的过去的同时，让那些优哉游哉养尊处优的城里人，时刻激励着我的父辈们的奋斗。关键是，它的兴旺、发达、繁荣，它的与外面世界息息相关的联系，使它周边乡村的气息与辽南北部山区、大东北山区、大西北山区以及中国地图上所有的偏远山区的气息都不一样。它是相对开放的、活络的，它使得我的父辈们很小的时候，就进过戏院，见过医院，进过照相馆、银行，就懂得以粮食换日用品的贸易往来。听父亲讲，他小的时候，常常在跟爷爷上镇赶集时，溜进裁缝店看大人们如何将一卷卷大布裁成碎片；溜进染坊，看那里的人们如何将白色的大布染成红、黄、绿各种颜色。父亲十三岁经商，所做的第一笔生意，就是从小镇往安东倒大布，然后再换回小镇上没有的过膝袜子。听五叔讲，因为他是奶奶八个孩子当中最小的一个，也是最聪明的一个，备受宠爱，常得到奶奶给的零花钱，到攒到够买一张戏票的数，便偷了父亲骑回来的自行车，到小镇去看戏。五叔后来练习画画，就是从临摹戏院门口的招贴画开始的。

小镇对父辈们童年的重要，一如对我童年的重要，乡下孩子崇拜外边，首先是从崇拜小镇开始的。在我童年的印象里，小镇，一直就是乡下人心中的京城，繁俗日子间的灯塔。大人们有事没事，只要闲起来，无不离开家门涌向小镇。他们有的，是真的有东西需要拿到集上卖，有的，只是想上镇上逛一逛，散散心。而不管有无东西卖，他们总要担着担，或拎着筐。他们卖掉的，本是筐里的菜，抒发的、释放的，却是日子间积淤于心中的沉重。于是，乡下所有的街和道都通向小镇，它们先是在屯街上汇聚，然后又在屯与屯之间汇聚，最后，汇入一条官道，由官道汇入小镇。我在我的《岁岁正阳》《燃烧的云霞》《四季》《歇马山庄》等诸多小说里，都抒写过乡下人对于小镇的感情。可以说，我所有有过小镇字样的作品，无一能够摆脱我对小镇的感情、小镇给我的印象。

对小镇上事物的热切向往，是我童年生活的灵魂所在，前门、后门、前街、院子、粪场、场院、小夹地，加到一起，组成了我童年生活的广阔图景，这其实远远不够，它们只是我身边的现实生活，并不是我理想的生活，我理想的生活在外边，在人来人往的镇街上，在热气腾腾的糖饼店里，在机声咔嚓咔嚓的针织厂里，在老港附近的戏院里。他们离我很远，要走一个小时，十里地的路程。它们又离我很近，就在我心里。只要俯首打量，商店、街道、针织厂、医院、照相馆、海港，一切都近在眼前。它近在眼前，却绝不是守着它就心满意足，往往是在内心里打量得越清晰，告别内心舍近求远的念头就越强烈。

我对小镇的最初印象，跟父母无关，而跟奶奶有关。在我记事的时候，奶奶动辄就领我到小镇的亲妈家串门，我的所谓亲妈，是奶奶堂姐的女儿，也就是奶奶的外甥闺女。因为我的前边死过一个姐姐，母亲生下我时，怕不好养活，就在奶奶的作用下，认了她的外甥闺女做亲妈，意为亲上加亲，把我亲住。这种认亲，有一种攀高枝的嫌疑，因为奶奶的外甥女在乡下的也有，为什么只认镇上？然而，奶奶领我到亲妈家，可是一点也看不出攀高枝的低三下四，不但如此，亲妈对奶奶尊敬的样子，倒像是奶奶才是亲妈的高枝儿。那时，我根本无法知道，奶奶之所以到我的亲妈家串门，是因为她的堂姐在她嫁给爷爷时，曾经当奶奶的面笑话过奶奶，说奶奶是小姐身子丫鬟命。我也根本无法知道，亲妈之所以百般地敬着奶奶，是为了替她的母亲向奶奶赔罪。因为事实已经证明她的母亲错了，奶奶不但把儿子都送了出去，还培养了画家，奶奶上过北京、哈尔滨、沈阳，奶奶还给儿子娶了小镇女子，奶奶还统治了一个人丁兴旺的大家庭，奶奶哪里是什么小姐，奶奶就是皇后！

奶奶上亲妈家串门，永远是车接车送，只要奶奶说要串门，大哥就把大解放开回家，把奶奶接出，到了下午，再把奶奶送回。奶奶尽管是小脚，但她从大解放前座下来时，步履沉着，表情怡然，她往往不等进门，就大声招呼：来客啦——奶奶一旦走到亲妈家的院子里，就站住不动了，在那里等待亲妈出来为她掸扫身上的灰尘。奶奶总是打扮得干干净净，青大布的偏襟大袄和肥腿裤子，脚上一双洁白的丝袜。奶奶上炕，一定要将鞋底儿对底儿扣到一起，然后放到窗台上。这是奶奶的习惯，怕放到地上被踩了。可当奶奶把她在自家的习惯毫无保留带到小镇上的亲妈家，便是要多尊贵有多尊贵了。

奶奶在亲妈面前表现得多么尊贵，获得多少尊敬，我并不真正关心，我关心的是，能不能到镇子上逛一逛。这显然是办不到的。奶奶的不卑不亢，只能使我拥有在亲妈家吃一顿白面馒头的机会。我的亲妈家并不住在小镇中心，而在医院南边的低洼处，要经过一条跟乡下的道差不多的弯弯曲曲的小道。亲妈家的房子，房子外面的环境，与乡村没有什么两样，它与乡村的区别，主要体现在屋子里。亲妈家的炕上没有炕席，是刷了油漆的油毡纸，墙上贴的不是报纸，而是雪白的白纸。亲妈家与乡村重要的不同是，锅底里烧的是煤而不是草，锅里蒸出的是馒头而不是饼子。奶奶领我到亲妈家，要和亲妈说上一天的话，可是在我，仅仅是吃了一顿白面馒头。

名义上是逛了一趟小镇，实质上只吃了一顿馒头，镇街上的各种店、各种风景、繁华和热闹，什么什么都一掠而过。所谓繁华、热闹，也是浮光掠影的印象。不过，这不要紧，越是浮光掠影，越是让你魂绕梦牵，如同越是当不上伴娘，越是让你心驰神往。我是说，我和奶奶刚刚坐上大哥接我们回家的车，心里边就蓄满了对下一次来小镇的企盼了。

我依然到小镇上的亲妈家去，即使奶奶到二娘家住那两年也不例外。只是，随着奶奶的越来越老，随着我的不断长大，到亲妈家的次数在一点点减少。我到亲妈家次数在减少，去小镇的次数却在增多。因为这时节，父亲赶集时要带着我，帮他认路也帮她算账，比我大一点的女伴也要招呼我，陪她们偷偷到镇子上去逛。而无论是跟父亲，还是跟女伴，小镇的热闹和繁华都不再是浮光掠影了，我们要深入繁华里，加入热闹里，我们在人群里挤来挤去，在这家店里转转，到那家小馆看看，有一回，卖完猪崽，父亲还领我到糖饼店吃了一顿油炸糕。因为已经深入了小镇的热闹，对到亲妈家串亲戚便失去兴趣。不过，去还是要去的，这时的去，已跟小镇无关了，只为了陪奶奶，只为了我是亲妈的干女儿。

然而，到我十六岁那年，我再也不想上亲妈家了。那一年，我被迫辍学，那一年，是亲妈家，彻底伤害了我对小镇的感情，伤害了奶奶培植多年的尊贵的感觉。

那是初冬的一天，那一天，因为大哥二哥都不在家，没有汽车，父亲为年迈的奶奶雇了一辆马车。我和奶奶，起了大早坐马车上路。因为奶奶这次到亲妈家，是要有重要事情相求，她在进院时，没有招呼来客啦，也没有等待亲妈为她掸扫灰尘，而是自己夺了笤帚自己扫。奶奶倒是将鞋习惯性地送到窗台，不过送时，挑明了说，坐一会儿就走。当时，亲爹、哥哥、姐姐都还没有上班，我们起早，就是为了这个。我和奶奶这么早就来了，又坐一会儿就走，亲妈家所有人都愣住了。他们惊兮兮地盯着奶奶，奶奶却只看亲爹一个人，奶奶说，外甥女婿，二姨除了家里人，从没求过谁，二姨一大早来见你，是想求你，你是厂长。听奶奶这么说，亲爹立时绷住脸，有些紧张。奶奶说：芬子还小，就把她当成你的亲闺女，帮她在针织厂找个工作，别把她打到庄稼地里。

奶奶把话说到这节，屋子里一下子净如真空，许久，才有了说话声。可是，说话的不是亲爹，而是哥哥姐姐们。他们几乎是异口同声：姨姥，这是不可能的，进针织厂，必得是城镇户口，芬子比不得我们，我们都是城镇户口。

亲爹一直没有吱声，亲爹先是躲过奶奶目光，两眼瞅着炕沿，瞅一会儿，又将目光移回奶奶那里。然而，奶奶不等亲爹说话，转身就到窗台取鞋，边取边说，不为难你了外甥女婿。

一直到我们走出亲妈家门，奶奶都没让亲爹把话说出，她下炕迈出门槛时，故意朗朗大笑，恍如一个走错门的陌生人在为自己解嘲。毕竟，当厂长的是亲爹，而不是他的儿女们，奶奶为什么不能听亲爹把话说完呢？奶奶为什么不帮我哀求几句呢？刚刚上车，泪就涌了出来，为我灰暗的前途。见我流泪，奶奶叹了口气，握过我的手，说，芬子，咱是农村户口，听见了吗？他们这么看咱，奶奶多糊涂，他们到今天还这么看咱……奶奶要了一辈子强，奶奶就是要不过来，也不能让他们下眼看，你记着，咱不能让别人下眼看……

在我十六岁那年冬天的早上，我第一次清楚了城乡之间的差别，人与人之间出身的差别。在此之前，我向往小镇，向往小镇人的生活，却还是第一次知道，它在你出生时，就已经打上了坚固的烙印，你和它原本无关，你只能远远地看着它，想着它，做着局外人。

后来我知道，那一次，对奶奶的伤害是致命的，她从镇子上的大户人家嫁到山咀子乡下之后，内心里其实一直没有放弃过努力，她的努力本已卓见成效，都因为世事变幻，遭遇了文革的风雨；奶奶的努力，尽管不是再度回到小镇，但至少，她不愿她和她的后代被别人下眼看……已经85岁的奶奶，从小镇回来，冠心病发作，卧床好多天，惊动了家里家外所有亲人。

后来我知道，亲妈家哥哥姐姐的伤害根本不是伤害，他们只是说出一个事实。这个事实，一直就潜伏在亲妈家的白面馒头里，潜伏在亲妈家永远烧煤的炉灶里，它一直就潜伏在我们的生活中，只是没有通过一个仪式将它彻底揭破而已。清醒了这样一个事实，我对小镇的迷恋大打折扣，好像一个受伤的小鹿再也不敢涉足草丛。

然而，隐隐地，我有一种感觉，我觉得我的内心深处，有一个念头在滋长，它起初还不那么清晰，还掩藏在瞬间的对于小镇的憎恨里，比如某个阴雨天，下不了大田，约女伴去小镇逛商店，站在街头巷尾，冷冷地打量着街道上的石板路，心里在想，哼，有什么了不起！后来，1977年，当全国第一次恢复高考的消息传播下来，那个藏于心底的东西终于大白于天下——我再也不要做什么小镇人了，我要到外面去做大城市人，像大姑、二姑、五叔那样。

这是怎样的一天呵，我的目光穿透小镇，看到了小镇外面的世界，就像当初目光穿过南王庄，看到了那片大海一样。尽管才只初中毕业，但小镇的伤害，使我拥有了无限勇气。为了避免文化课硬碰硬的较量，我报考了美院。受五叔影响，在线条和色彩上有一点天赋，靠着这点天赋，我真的就从小镇出发，来到县城重点高中考场了。

一直以来就在我心里身外扬扬得意的小镇，终于被两腿泥巴的孩子抛到后边了，我的骄傲、快乐可以想见。我在上车的刹那，绝对以为我就是未来的大学生，我会像五叔那样，一下子就被现场录取。

显而易见，我不可能被现场录取，但当素描、临摹、水彩画完，我确实看到了监考老师关注的目光，他告诉我，我是庄河片考生中最小的一个。遗憾的是，1977年高考，还要政治审查，学校到山咀子政审两次均没通过，我家复杂的社会关系，只有端掉我企图抛弃、背叛小镇的美梦。

那是一个什么样的夜晚呵，我没有吃饭，我趴在躺厢柜的柜盖上，一直没有抬头。当全家人都吃完饭，嫂子们过来一遍遍叫我的时候，我再也忍不住哭起来。那一年我十七岁，已经是个大人了，可是我却孩子似的，不顾奶奶、父母和所有亲人的心情，在屋子里呜呜地大哭不止。我忍得太久了，自从得知消息已经忍了两天的时光了。当时，侄子侄女们不知道发生了什么，站在门外咻咻地笑我，就像小时候我被母亲打哭他们躲在门边笑我一样。然而这次，我的父亲制止了他们，父亲的话震得房梁空空直响，父亲说，兔崽子笑什么笑，都给我滚——这是我记事以来第一次听到父亲骂我的侄子侄女们。父亲骂完之后，屋子里顿时陷入了寂静，只有我的哭声穿过堂屋、穿过大嫂的屋子，二嫂的屋子，三嫂的屋子，在幽暗的灯光下肆意回荡。父亲的骂，仿佛是对我的鼓励，仿佛是给了哭以特殊的权力，我的哭愈加恢宏、响亮，以至到后来传到窗外，变成了游荡在窗外的一丝夜籁。这是我从小到大最放纵的一次哭，我之所以如此放纵，是我第一次感到了前途的渺茫和黑暗，我在那样黑暗的瞬间里，再也不像从前那样自信自己不属于乡村了。

还好，当我的哭声变成一丝夜籁，我感到一直堵在心口棉絮一样的东西在松动，我不再那样郁闷了，因为此时，我的手在柜盖上摸到了一支笔……

几年以后，当我因为一支笔从乡村走出，又在后来报考了辽宁大学中文系语言文学专业函授学习，获得大专文凭，我深深懂得了绝处逢生这个词的内涵。

制镜厂

制镜厂在小镇街道下游，地处小镇的另一个中心，距老港、老剧院、老市场、露天剧场都很近，是一幢清末留下来的高脊青砖灰瓦房，共五大间，它的前边有个院子，后边有条通向老港的街道，据说五十年前是个卖鱼的货栈。

其实童年跟父亲赶集，十几岁同女伴逛街，回乡务农时偶尔上南碱滩插秧，是经常路过这里的。这里的一切，应该说熟悉得不能再熟悉，然而当时，因为无法知道这里还隐匿着一个命运中的制镜厂，熟悉也只是宏观的熟悉，成片的大面积的熟悉，比如你只能知道左边有一片矮房，右边有一面高墙，前边有一条小巷，至于那矮房住了多少家，那高墙里挡着什么，那小巷通向哪里，是断然不可能知道的。

制镜厂是我生命中的新大陆。它对我的重要一如院子、前门、后门、小夹地、南王庄对我的重要。院子、前门、后门等一应地理，在我没发现之前，就已经存在了，而制镜厂的存在，和我对它的发现是同时的，也就是说，发现它时，它还没有一个形状，还没有成为一个物体，一个事物，在我来小镇制镜厂报考时，成立制镜厂还只是街道党委书记刘福安心中的一个想法。

　　刘福安，他如今早已不在了，他才活到五十几岁就患肝病离开人世。这个人当初在我生命中的着陆，是我的福分，也是我的宿命。没有这个人，就没有制镜厂，没有制镜厂，就没有我后来的婚姻以及由婚姻演绎的道路。至于他怎么就萌生了办制镜厂的想法，我想，这大概也是他的宿命。

　　最初发现这个悬于空中新大陆的人叫张娥，她是我在小镇做家属工时的工友。高考落榜一年以后，我在哥哥们的努力下，做了哥哥农机修配厂的家属工。我和另外几个工人家属，在铸造车间南边的空房子里挥舞铁锤、扁铲，清理铸件里的沙子，断续厮守了两年。她是小镇人，比我大二十多岁，她和所有小镇家属工的不同在于，她有忧伤。在我一心想超越小镇，却一直也没能超越，因而对小镇一直怀有抵触情绪的日子里；在我一心向往美好前景，却一直也摸不到美好前景边缘的青春时节，忧伤，是最能抚慰我内心伤痛的一剂良药。我不喜欢乐观，我排斥开朗，我认为那都是小镇人的优越感所至，都是小镇人不知人间愁滋味的没心没肺。确实，我认识的那些小镇家属工，李敏、赵秀兰、赵淑芝等，都属于乐观开朗那种。张娥为什么忧伤我不知道，我只知道当她因为某个人的身世泪流满面时，我内心有一个不被别人知道的地方被濡湿了，我的被冷漠的外壳包裹着的柔软被击中了——这是非同一般的撞击，因为我心里一直存放着奶奶的话：咱们是农村户口。我从没有当面向她表示过感谢和感激，但我相信，一个人对另一个人的好感是藏不住的，就像春天是藏不住的一样。不然没有任何理由能够解释她对我的惦记。

　　那是一个春天的黄昏，那是青春时节最最沉闷、压抑的春天的黄昏。因为修配厂取消了家属工制度，我被遣散回家。做了两年工人的我，突然回到家中，就像一个见到光明的人重又回到黑暗。其实那两年工人比下大田还要累，那干活的屋子没有天棚漆黑一团，可是因为一早可像哥哥那样骑车离开山咀子，那其中的光亮，便只有我自己能看到。那个黄昏，我把突然沉寂下来的所有苦闷都缝进了手套里。我坐在房后屋檐下，一针又一针——那是从大嫂那里学来的手工活，缝一副可得三分钱。我缝着，有如在寂静中祈祷一般，有如在寂静中诉说一般。在那段从光明回到黑暗的日子里，针和线是我诉说和祈祷的唯一语言。就是这样的黄昏，我身后的自行车响了，二哥回来了。

在我不需要什么消息的童年，我每天都盼着小镇上班的哥哥们回来，在我特别需要消息的后来，反而对哥哥们的回来不再敏感了。童年时不厌其烦的盼望，是因为不会失望。童年的盼望，只为了那时那刻的心情，是虚的，只要哥哥们回来，那心情就不请自到；长大后不再盼望，是因为害怕失望。长大后的盼望，是为了一个实实在在的从天而降的消息，是实的，这样的消息，哥哥天天回来，也带不回来。就在我对哥哥下班回家的自行车声早已失去敏感的那个黄昏，二哥叫住了我。

二哥说，芬，温电工家的捎信叫你去一趟。我抬起头，没有转身。温电工家的，就是张娥，她丈夫姓温，是修配厂的电工。二哥又说，叫你明天下午一点整，在东街道革委会门口等她。我仍然没有转身，但捏针的手指哆嗦了。

事实真的如经验告诉我的那样，好的消息，在你忘掉期盼时，它自会到来。实际上，二哥的口信里，没有流露丝毫让我欢欣喜悦的字眼儿，可是不知为什么，二哥说完，我的手激动得握不住针了，我一下子就预感到有什么事情要发生了，是那种好的事情。

是怎样熬过了夜晚又熬过了第二天上午的，我已经忘了。我只记得，我穿着从不舍得穿的蓝格的确良上衣，灰的确良裤子，我的脚步飞一样轻盈，我在走到小镇柏油路的街道时，小镇主人的感觉油然而生。张娥见到我，比我还要激动，她的忧伤在那一瞬间突然变成两只蝴蝶，从她的瞳孔扑棱棱飞走，占据她眼睛的是蓝天一样的明朗与欢乐。不过，这一点关系也没有，此时此刻，她的明朗欢乐不但不能伤害我，反而像昔日的忧伤一样滋润着我的心田，使我感到很少有过的温馨和温暖。她把我拽到街道办公室窗外，笑着跟我说，街道要办制镜厂，想招画画的工人，你不是爱画画嘛，我都把你介绍给他们啦，一会儿就进去画给他们看看。

事实上，这是一个相当关键的时刻，张娥之所以轻描淡写跟我讲，只是为了让我放松。我真的就如张娥希望的那样，十分放松，我甚至在走进办公室时，四下里好一顿打量。我看到屋子里挤满了很多人，很多人的目光都好奇地朝我射来。

这一屋子人当中，监考的，就两个人，刘书记和孟书记。刘书记就是与我命运倏忽相关的刘福安，他上下打量一下，之后与我握手。当时，我无法知道，就在这间狭小的办公室里，还站着一个在我的生命中，比张娥、刘福安更重要一百倍一千倍的人。他是一个如我一样前来寻找机遇的青年。就像我并不知道他的出现，对我将意味着什么一样，他，也并不知道我的出现，对他将意味着什么。事实上，这间狭小的屋子，这个简单的招工考试的仪式，就是我和这个青年人生戏剧的开幕式，刘福安是这出戏的总导演，张娥和这个青年的姐姐，分别是这出戏的编剧，因为他是他的姐姐引到考场的，就像张娥把我引到考场一样。

事情显然不像我预期的那么简单，考试当然很简单，给你十二种水彩，让你画一幅水彩画。花鸟虫鱼，无所不可。我所说的不简单，是说那个青年几笔下来，就画完了一幅墨竹。他没用水彩，只蘸了一点点墨，一株竹子就在雨雾中栩栩如生。他画完，我彻底傻了，他的竹子活了，我的荷花却在我的笔下一下子枯萎了。我的荷花枯萎了！

我绝望极了。多少年来，我一直不忘那次考试之后我的绝望。我的绝望是彻底的，不留丝毫念想的。因为那个青年的笔锋太利落太灵动了。我记得，为了掩饰我的绝望，临走时，我说了一句十分拙劣的话，我说，走，回去念函授。我像一个挨了母亲打的孩子哭够了，转身对别的孩子说，你看，我还有铁蛋呢，你有吗？此时，我告诉自己，也告诉那个青年，考不上不要紧，我还有函授呢，你有吗？

所谓函授，指的是辽宁大学中文系语言文学专业的函授教学。那是当时全国第一家函授大学，得知有这样一所学校，算是一个奇迹。那还是我在山咀子当妇女队长的时候，公社搞"五好"家庭讲用（介绍经验的意思），我代表我的母亲讲了她在大家庭中的忍耐、包容、任劳任怨。由于一切都来自真情实感，也由于我长期在日记里进行写作实践，我的讲用打动了在场的很多人。我的讲用打动了很多人我是知道的，我的讲用打动了一个叫张忠良的青年我却不知道。让我不能相信的是，时隔两年，当这个叫着张忠良的青年在一个报纸上发现一则大学中文函授招生广告，竟亲自骑车找到我的家。

这看上去有点像虚构，有不真实的感觉，然而它确实是真实的。这样的真实我只能将它看成是我命运的奇迹。他将这样一张报纸放到我的面前时，告诉我，我的讲用打动了在场的别人是因为故事和情感，而打动他则是因为我的文学素养。他说他从我的表达上看到了我的文学素养，所以希望我能有所长进。那是我第一次听人夸我有文学素养。后来我知道，当时他正夜以继日地做着作家梦，能够记住我并四处寻找我的热情，都来自一个梦想。我是说，当一个做着作家梦的青年把他的梦想燃烧到我的身上，那梦想便成了我怀里的最后一张王牌。

我还有函授呢！是退路，也是出路。

然而，我即使再有梦想，也不承想，这句在我下意识中脱口说出的孩子般天真的话，不但缔结了我和另一个人的姻缘，且成了支撑我们后来生活的一句最经典最有分量的语言,它不但经典而有分量,且什么时候提起,什么时候都会让我忍俊不禁。

当时,我一点不觉得这有什么好笑。我的希望破灭了,我只剩下这唯一的指望了,有什么好笑呢。当晚回家,打开函授课本中屈原的《离骚》,一边读,一边泪如雨下,"路漫漫兮其修远兮,吾将上下而求索……"然而,正当我因绝望而一门心思扑在函授学习上时,我得到了被录取的消息。消息照样是由二哥在黄昏时分带回来的,那照样是一个我对二哥的下班没有任何期盼的黄昏,与前一个黄昏不同的是,从我手中掉下来的不是针线,而是古典文学课本。

事实上,凡是参加考试的,都录取了,因为纵使方圆几十里,会画画的人也并不是很多。事实上,促使刘福安痛下决心的,不是那个在我看来笔锋灵动的画墨竹的青年,也不是我,而是一个叫何桂英的乡下妇女。她三十多岁,一辈子没有离开过乡村,可她一只手可同时拿无数支彩笔,她笔一动,一瞬间,就能在玻璃上画出枝叶繁茂的牡丹,一群向深水游动的金鱼。也就是说,最后成就我和那个乡下青年走到一起的重要人物除了张娥,刘福安,还有何桂英——她其实成就了我们所有乡下青年,她真正点燃了刘福安新官上任的第一把希望之火。

那是一个怎样光辉灿烂的五月呵,我再一次骑上了自行车,再一次像做家属工那样,一早迎着朝霞驶向小镇,一晚迎着晚霞返回东山岗。同在小镇,在修配厂做家属工和在制镜厂做画工是大不相同的。做家属工是附属品,是在别人厂子给人打杂,可有可无;在制镜厂做画工是正品,是在自己厂子做厂子的主力,是不可或缺。修配厂在镇街的北边,属上游,到修配厂上班无须穿过镇街,到了镇边,也就到了厂子;而制镜厂在镇街东南边,属下游,上班时必须穿过镇街长长的街道,等于一直穿过了小镇的心脏。穿过小镇心脏,这可是太美妙了,这意味着我们这些乡下青年,每日都要在小镇人眼皮底下招摇过市,我们是演员，小镇人是观众。小镇人什么时候成了我们的观众！当然，更美妙的是，作为小镇的主力，当你一早从四面八方的乡下来到小镇，穿过小镇心脏，一晚又回到四面八方的乡下，你觉得你不仅仅是一个在小镇上下班的画工，而是国家这个肌体里的一滴血，是那血中的细胞，如同当年从城里下来的下乡知青。

知青的来与回，是一年一次，我们的来与回，是一天一次；感受知青的来与回，是一个局外的角度，有旁观的意思，心里生出的是对别人的眼气和羡慕；感受自己的来与回，则完全是自己打量自己，有让自己心灵显影的意思，生出的是自豪和骄傲。

原来，我们什么都不是，我们只是流落荒野的一株小草，原来，我们只驻扎在一处，囤积在一处，我们不动，动，也只是在孤寂的乡街与土道上，大田与甸子上。现在不同了，现在，因为一个叫刘福安的书记的开放意识，我们变成了青堆子镇东方红街道制镜厂的工人，我们变成了国家这个肌体里的一滴血。我们动了起来，我们在乡村与小镇之间的道路上来回流淌，我们掀动了道边的风，风中的尘土，尘土中的落叶。我们也有不动的时候，比如当我们进了我们的画室，拿起了我们的画笔，让一枝枝玫瑰、牡丹、山茶、荷花在玻璃上开放，我们的屋子，便只有喘息的声音了。我们不动了，我们静下来了，可是此时，我们的不动比动还有震撼力。

因为我们是诞生在小镇上的新生事物，我们在不动时，掀动的是制镜厂四周的小镇居民，掀动的是东街道以及青堆子镇上的所有领导。小镇居民纷纷围在打开的窗户上，目不转睛地盯着我们，嘴里不时叹道，看人家孩子，多巧！以刘福安为首的街道领导，每天都要带着镇上领导前来观看。他们一来就站上半天。尽管我们初涉玻璃画，还有些陌生，但那毕竟不是创作，那只需一点匠气就能完成的手工活，对我们这些略有美术天赋的青年人实在算不得什么。领导们长久地站在我们背后，他们脸上喜悦的样子好像我们是一群天才——应该承认，刘福安最初要办厂，是为了适应改革开放的形势，抓项目赚钱，可当聚拢了我们这样一帮心灵手巧的家伙，他脸上的喜悦就无法不变成做父亲才有的喜悦了。

骄傲是一种情绪，情绪是一种看不见摸不着的气体，它在你肌体里窜动、鼓胀时，你觉得你的胸腔、腹部、后背、四肢，一下子轻盈起来，飘动起来，那是我平生第一次体会到骄傲的滋味。当骄傲深入了肌体，变成了一种气体，你体会的就不再是气体，而是流淌在血管里的一滴血！这是一次多么巧妙的置换，我因成了国家这个血管里的一滴血而骄傲，骄傲最后又成了流淌在我血管里的一滴血。在那样的日子里，我早已忘了奶奶的话，忘了户口，忘了曾经萌生的背叛小镇的梦想，我不但完全把自己看成小镇人，且看成比小镇人还要优越的人，因为不是所有小镇人都能如此被小镇领导看重，不是所有小镇人都有机会外出学习。

到制镜厂上班一个月以后，刘福安带着我、那个画墨竹的青年、何桂英、王华、木匠孙世金，一同到丹东学习考察了一次。

这是一次多么重要的机会呵！多年之后，回首往事，我一直觉得那机会不是刘福安给的，而是上帝给的。它对我的重要，不在于让我结识了城市开阔了眼界，学得了有关画玻璃画、制水银镜的技术，而在于它让我第一次照镜子一样清晰地看到了那个生长于内心深处的爱情的须芽。

那是六月的正午，我和王华惆怅地漫步在鸭绿江畔。刘福安带我们在丹东制镜厂观摩几天后，率其他几人返回，只留下我和王华在那里学习制版。因为丹东制镜厂严格控制技术外传，我们只有等到晚上，到制镜厂的制版工人家偷偷学艺。我们仿佛专门夜间作案的贼，一到白天，就闲散起来。闲散使我们一日比一日惆怅。我和王华都是第一次进城，可是城市并没让我们生出兴趣，我们因为舍不得花钱吃饭老有饥饿感，我们因为饥饿而不喜欢城市，而想家，而惆怅。我们在惆怅时，只有一遍遍精神会餐，我们讲锅里的地瓜和土豆，讲地里的大葱和茄子，讲着讲着，惆怅就变成了垂涎欲滴的口水。当惆怅变成了口腔里的口水，我们又改变话题，讲我们曾经压抑在地垄里的理想。曾经，我们那么想当画家，想当作家，我们那么想离开农村，到大城市里做一个在外的人……这其实是真正意义上的精神会餐，在那样的时候，我们感到我们的心离得是那么近，我们仿佛变成了一个人，我们的惆怅把两个人变成了一体，一个人。

　　起初，我们的惆怅是一体的，是不能分离的，是谁也离不开谁的，可是十几天以后，我发现，我们的惆怅分开了，我们两个，不知什么原因，就从彼此惆怅的蛛网上脱落了，我们再也不在鸭绿江畔精神会餐了，不但如此，我们还谁也不想跟谁说话了。我们两个人隔着距离，分别坐在江畔的木椅上，神情恍惚地望着江对岸朝鲜的土地。这样的局面，真的不是我们想要的，可它就这么不由分说地来了。这样的局面，好像只因为一句话，那句话，是在我们肆无忌惮放飞我们的理想时说出的，那是一句有关爱情的话。我说，你有过关于爱情的理想吗，王华说，当然有。我说，你的理想是什么？王华说，我只希望我爱和爱我的那个人是高个，你呢？我想了想，随口附和了一句，我也是。我们关于爱情的理想很可怜，只停留在个子上。其实那根本不是我们理想的全部，个子的高矮，只是我们爱情理想的一部分。后来我知道。王华说出那样的话，是因为她已经被一个矮个子青年爱得很痛苦。我那么附和，是因为经王华一说，突然发现，正有一个个子不高的青年浮出我心灵的水面。

　　在那遥远的异地他乡，当饥饿和孤独袭向我们的时候，两个并不符合我们理想的人，从我们的心灵上浮现来出，抚慰着我们饥饿、孤独的灵魂。也许，这跟饥饿、孤独毫无关系，那只是一对青春少女不可抗拒的怀春季节，那个季节因为远离了家，远离了现实的环境，而使原本模糊的形象一下子清晰起来，有如干枝悬挂的果子。后来我知道，那个悬于王华眼前的果子，早在她上高中时，就挂在她青春的枝头，与她心中的理想作对了。他是一个从大连下放到乡下的五七战士的儿子，和王华是同班同学，他爱王华爱得不行，却一直没说，回城后才用书信向她发起猛烈进攻。王华说，在学校时，她对他毫无印象，可是不知为什么，那些信让她无法释怀。事实上，不能否认，她对他的印象是建立在距离上的，又是由文字跨越的距离，又是由大城市和乡村架构的距离。作为内心有着浪漫情怀的乡村女子，我们对城市都有着难于抵御的向往，她的不能释怀，其实更多的是因为对于城市的向往，只是当时的她无法知道而已。

　　她搞不清自己为什么不爱他，却还要想念他，还要因他而惆怅，我却在企图帮王华理清的思考里，一点点看到了悬于自己枝头的那只果子。他个子不高，相貌算得上英俊，他嘴唇很厚，唇上蓄着淡淡的胡子，他穿着一身蓝的确良制服，帽盖总是方方正正，他很少说话，也很少笑，他不苟言笑的样子反而显得胸有成竹——他确实能够画出很多状态下的竹子，风竹、晴竹、雨竹、露竹，他就是那个考试时画出墨竹的青年。

　　我们的惆怅分开了，我们都有了属于自己的惆怅了，当那惆怅不能彼此交流，一个叫作思念的东西，便蜘蛛织网一样织满了我们的心灵。它在王华心里边是什么样子，我不知道，它在我的心里，是层层叠叠的，是吐十米吸回五米最后又吐出二十米的，它之所以有进有退，是常常吐着吐着，就会想到原来的理想——这理想跟个子无关，而跟小镇有关，自从高考落榜，我就树立了背叛小镇的伟大理想，我如何能在小镇恋爱？然而，当这理想钻出来，企图挡住我的思念，我的思念竟会在停顿片刻之后，形成更加迅猛的气势，冲击着我情感的堤坝，使思念的蛛丝一吐千里，愈发不可收拾。

我在一部叫《春天的叙述》的小说里曾经写过，爱是抵挡不住的，爱无须理由，它只是一种气息，一种化学反应。一个月以后，当我从丹东回来，回到制镜厂，走进制镜厂的院子，我觉得皮肤上所有的神经都通了电一般。其实，这时节，我跟画墨竹青年没有任何对话，没有任何眉目传情的细节，可是我却分明感到，在分开的一个月里，他也如我一样在思念着我，我还感到，不管多么思念我，我走进画室时，他都不会看我。

事实正是如此，我走进画室，何桂英站起来拥抱我，后考来的小娄、张连基都热情地与我打招呼，唯他冷冷地看我一眼，默默不语。我们的默契，就从这一刻开始了。我们的恋爱，就是从这无语的一刻，轰轰烈烈地开始了。

所谓轰轰烈烈，那只是心里的事情，外表上，我们十分安静。事实上，自从丹东学习回来，我再也没有和他在一个屋子作过画，我和王华学成套版印刷之后，从画室搬出，搬进与画室一墙之隔的西屋，成立了套版印刷车间。然而，这种形式上的隔，更强化了心灵上的近，它使被厚厚墙壁隔着的声音，拥有了天籁一样的美感，并且每每听到，都让我不设防地面红耳赤；它使响起在门外的脚步，无论多么零乱，都有着异常清晰的节律，使我每每听到，都没来由地心慌意乱；重要的是，它因为目不能及，而使思念的触须犹如绿色的藤蔓钻出门缝，爬过院子，在另一间屋子的门框上茁壮成长。

终于，一个乡下青年穿过小镇心脏时涌动的骄傲，被另一种东西替代了。这另一种东西不是骄傲，是日复一日的期盼，是日复一日的由失望到希望，由希望到失望。下班让我失望，上班又让我充满希望。这另一种东西不是骄傲，却比骄傲更容易渗进肌体、骨骼、神经，形成活跃在血管里的血，滋养着我的人生。

那个画墨竹的青年，他叫张申。在此之前，我除了知道他家住在小镇边上，他的姐姐在镇手套厂当出纳，他的父亲在县城供销社当售货员，其余一无所知。他家住在小镇边上，却不是小镇人，他住的那个村子叫沈屯。制镜厂所有工人上班，都必须穿过小镇心脏，唯他不用，他差不多就来自心脏，他只需步行。然而，正因为他不必穿过心脏，从相反的方向步行抵达制镜厂，上班时，我们才有可能碰个对面。

碰个对面——这对我们可是太重要了。

我们谁也没有暗示过谁，可是每早 7 点 20，我们都雷打不动在制镜厂门口相遇，有时我比他提前了几步，我都要拐进院子了，他才从前边出现，这时我就在放自行车时故意磨蹭时间等他。有时，是他提前几步，他已进了院子，我才从后面跟来，不过，你一点也不用担心他没有自行车磨蹭不了时间，他会故意往木匠铺杀一头再转回来。我们精心设计安排着早上的一见，我们见了却只是会意一笑，如工友之间的会意一笑。然而，这一笑，仿佛升在心头的一轮太阳，会照亮一天的心情。

为这一笑，我一早从山咀子东山岗出来，目不斜视，耳不旁闻；为这一笑，我在穿过小镇心脏时，不但不觉得是在穿过小镇心脏，且对刘福安这样生命中的恩人视而不见，对何桂英、王华、娄永君等同行的相遇视而不见。在一个人的笑像太阳一样升起在我心中的日子里，我生活周边的所有一切，都躲进了阴影，如地球遮住太阳的光芒，使月亮躲进了暗影，什么乡村、小镇，什么街道领导、乡村同行，所有的一切都从这个世界上消失了、不存在了，只有一个人占领了我的世界，成了我的全部。

这是所有陷入爱情的人都要经历的过程，在这样的过程里，他们会愚蠢地认为，世界上就两个人。然而，就在我陷入这个过程，在这个过程中享受初恋的甜蜜的时候，一件事情发生了——我接到了外出参加面授学习的通知。

在我报考辽大中文函授的时候,我是清楚地知道,所谓函授,一年里还要有一两次面授的,当初吸引我报名的,正是有面授,有可以像大学生一样听老师讲课的机会,可是在我没有面授之前,我一点也不知道,它究竟能给我的生活带来什么。

外出面授,给我的初恋带来了一次小小的分别,这是显而易见的。可是,我想说的不是这个,我是说,当我真正坐上汽车离开小镇,与制镜厂有了距离,当我真正来到瓦房店师专,坐进课堂,听到来自大学教授的声音,我的那个曾经背叛小镇的理想又回来了。那个理想,仿佛一只藏于瓜叶后面的瓢虫,一遇冷风,就箭一样飞了出来。其实那一次外出,我并没获得多么好的对外面世界的感受,相反,倒是处处受挫、处处碰壁。比如为了省钱,两毛钱一碗汤我非要买半碗时,服务员用白眼久久地瞪我;比如为了避开县城那些同学,独自坐公交车,坐过了两站,结果整整晚了一堂课;可是奇怪的是,这碰壁不但没有让我死心塌地回到小镇制镜厂的那份爱情里,反而让我拥有了俯视俯瞰这份爱情的眼光。

这实在是要多糟糕有多糟糕的事情,这是1980年9月,我因为暂时地离开了小镇,暂时地离开了现实生活,而再一次找回了背叛小镇的理想。它的找回,也许恰恰跟在外面世界的处处碰壁有关,越是碰壁,越是对自己的现状不满,越是不满,越是想让自己有个飞跃,有个冲刺,可俯首一看,自己已经在小镇恋爱了,恋爱了可怎么飞跃呢?

那是一个和所有早上都没有什么不同的早上,曙光照常映满东天,小镇的影像在自行车的轮转中,如风一样扑面而来。可是那个早上,在我心里,与以往可是大不一样,我看到了另一个我,她跳在我的躯体之外,不停地告诫我,你不能这样,你还有前景。我一路车速很慢,我故意不停地东张西望,故意错过7点20这个时间。我故意晚到,并且一进到车间再也不出来。我不出来,也不让自己静下来,我一边干活,一边不停地和王华讲话,讲在城里学习的见闻,讲城市的好,学习的好,大学教授的好。当我发现,一讲城市的好,王华就陷入一种惆怅,我便不再讲,我开始了唱。王华最愿唱歌,我一引,她就跟着唱起来。我们唱"边疆的泉水清又纯",唱"军港的夜啊静悄悄",唱"手捧美酒望北京",我们还会许多邓丽君的歌,可是在这样的时刻,我们坚决不碰邓丽君,她太柔情蜜意了,我们,主要是我,不要柔情,更不要蜜意,我要明朗、坚硬。干活时,我和王华一起唱,中午下班,王华回家吃饭,我就一个人唱,一天、两天、三天,第三天中午,我一个人在屋里正如入无人之境地唱着,突然,门口的铁门被拽开了。

铁门被突然拽开,我没有半点准备,可是,当那声哐当的门响撞击耳膜,一瞬间,我就知道要发生什么了。

我停止歌唱,直视破门而入的那个人。几天不见,他的面容憔悴得不成样子,他的眼窝有些发黑,他走进来,目不转睛地盯着我,像一个警察盯住一个小偷。他盯住我,脸上初始映现的是激动、是愤怒,他为了强忍着不把胸中的怒火喷出来,嘴唇不住地抖动。不知过去多久,他稍微地松弛下来、平稳下来,他说,大孙——他那时叫我大孙。他说,其实我不想说,可是想一想我还是要说。他的目光渐渐从我脸上移开,转向后窗,他眼睛看着后窗时,眉宇间开始扭曲。他说,第一次见到你,我就爱上了你,可是,第一次见到你,我就知道你有函授,就知道你早晚会出去。

我看着他,不语。我想是的,我是说过我有函授,那是怕自己考不上。他又说,出去就出去,不要这么欢天喜地,我受不了……

其实,我早已经泪流满面了,我早已为他的破门而入备好眼泪了,我已经等待得太久,我已经苦不堪言了。然而,我想不到的是,当他曲解了我,说我的唱歌是欢天喜地,当发现他决意在心里放弃我,我的心一下子刀剜一样疼起来，我再也顾不上什么浑蛋的理想了，毫不犹豫就走到他的面前，与他紧紧拥在一起。

这是我平生第一次与异性的拥抱，它比我想象的时间来得要早，它之所以早来，是因为我对感情的控制。如同在丹东的日子里，越是控制思念，思念越势不可挡一样，是控制使我的行为有了超前的突破。

倚住我的肩，他说了一句让我一生都不会忘记的话，他说，知道吗，那一回听说你要去学函授，我的心一下子就疼了，我回家好一顿查字典才搞明白，函授原来是以通信辅导为主的教学，是业余大学的意思，从此，我到处打听还有什么函授学校，我也想念……

因为这句话，我再也没有萌生放弃他的念头，不管那个浑蛋的理想冒出多少次；因为这句话，在我后来发表作品被保送到省城上学、函授毕业获得文凭、改变了农村户口的日子里，不管有多少好心人劝我解除这门婚事，我都没有丝毫动摇。不但如此，后来，我又供他出去上了学，我们一同成了小镇的背叛者。

多少年来，我们彼此相依着向前赶路，每当遇到什么困难，他就用嘲弄的方式安慰说，别怕，咱有函授呢！

在我们的字典里，函授已拥有了全新的解释。

每当这时，我就用拳头擂他，之后捧腹大笑。

一九九六年十月，我们举家迁进大连，我和王华在我的家中约见了一次。这是我们分别十几年后的第一次相见。我们都有了孩子，都有了漫长的人生旅途，我们都从少女变成了中年女人。我们的谈话内容，却还停留在从前，停留在制镜厂。我们谈刘福安，谈何桂英，谈鸭绿江边的惆怅。她说，真想不到，你能嫁给张申。我说，我也想不到，你能不顾城乡差别敢嫁给一个城市人。她说，我一点也没有想到，我那么喜欢大个儿人，却找了个矮个儿，我说，其实上帝早就给我们安排好了，只是我们不知道罢了。

坟　地

　　事实上，在一个人活着的时光里，不管是在院子里，还是在街上，不管是在城里，还是在乡下，所有的道路，都是起点，真正的终点，就一处，那便是坟地。

　　这座坟地，埋葬了爷爷、奶奶、大爷、二大、父亲、四叔、五叔，也埋葬了村子里其他人的祖先。这座坟地，坐落在山咀子东山岗南端，默默地守候着山咀子四十多年。

　　我们孙氏家族的坟地，原来不在这里，而在几十里外的西大山下边，长白山余脉的山坡上。爷爷、大爷，爷爷的父亲母亲，都葬在那里。把孙家坟地迁到山咀子，还是奶奶生前的要求，她说她不要到荒郊野外，她要离她的儿孙近一些。奶奶去世是1985年，那年奶奶96岁。那年夏天，奶奶在院子里一不小心摔了一跤，夜里躺下，就再没起来，一躺躺了十二天，最后去世。奶奶的葬礼搞得相当隆重，因为要把爷爷的坟迁回来和奶奶合葬，要把大爷的坟迁回葬到奶奶身边，出殡那天，山咀子整个屯街都站满了帮忙的人，应该说几乎每家每户都参与了这场规模空前的三个人的葬礼。从此，这里，就成了我的父辈们不变的归途。1987 年，我的二大爷在山咀子去世；1988 年，我的父亲在小镇去世；1990 年，我的四叔在营口去世；1996 年，我的大姑在沈阳去世；1999 年，我的五叔在北京去世。奶奶埋在这里，好像她受不了独自的孤单，把她的儿女一个一个都召了回去。现今，只剩下她的二姑娘——我的二姑还顽强地活着。二姑自从上了沈阳，五十多年，一次也没有回乡看过奶奶，二姑在沈阳看到家乡任何亲人，都欣喜若狂，唯独不提回家看奶奶，对回家的事绝口不言。奶奶至今没有招呼她，或许正是生她没回家的气。

　　我的父辈们从山咀子的街和道无数次出发，走出东山岗，走出八里庄，途经小镇，走向外面的世界。他们中有的人，回来是持久的，出去是暂时的，比如父亲、二大爷和四叔，有的，回来是暂时的，出去是持久的，比如五叔、大姑和二姑。但无论怎样，往外奔，都是他们一生的追求，二大爷往外奔，奔不动了，就一封一封给大姑写信，听表哥讲，二大爷在七十年代到八十年代，往他们家写的信像雪片。父亲往外奔奔不动了，又写不了信，就把国家大事挂在嘴上，为培养听众，不惜得罪村里那么多媳妇婆婆。四叔往外奔奔不动了，最后跟儿女去了营口。那年四叔平反，儿女落实政策安排营口，四叔背后发誓坚决不离开故土的，可是儿女回来一叫，痛痛快快就跟去了。五叔一直在外边，却要在每一封家信中，都要大谈自己的创作成就，什么为大型画册丝绸之路设计的封面受到专家好评，什么为三峡出版社设计的徽章在几百人的竞争中一举夺魁。五叔从没停止向家人报告他如何为家乡争气的消息。往外奔，其实一直是父辈们心中的宗教，是山咀子每一个人心中的宗教，一如街与道的宗教。或许正因为如此，山咀子才越发变得衰败。可是，当一个人终于无路可走，不得不停留下来，坟地，是不是一种宗教呢？！

在这本书就要动笔之前，我专程回了趟老家，到坟地祭奠爷爷奶奶和父辈们。陪我来到坟地的是堂哥、堂姐和姐夫。堂姐一辈子崇尚在外，一辈子都想出去却一辈子也没能出去，我在一篇题为《在外》的小说里曾写过她。只要听到街上有外边人回来，不管多忙，她都要亲自陪着。与堂姐在坟地前烧完纸，烧完香，磕完头，堂姐说了一句让我十分意外的话，她说：奶奶他们好了，一百年一千年地守着，再也不用动了，我现在就和奶奶他们差不多，没什么意思，但还是得守着，怎么办，为了儿女。

大姐的话一瞬间让我震住，她的三个儿女，都在她的努力下，送到城里，在那里经商打工，因为是勉强相送，没有足够的文化、势力的铺垫，让她很是操心。大姐操心，却帮不了他们一丝一毫。我长时间地看着大姐，看着坟地，一个念头突然涌上我的心头，如果说大姐的守候像地下死去的人，那么地下死去的人的守候是否更像活着的人呢？当他们无法改变什么的时候，坚强地守候下去是不是一种伟大的信念呢？！如同母亲对院子的守候，如同父亲对前门的守候，粪场对季节的守候，场园对命运的守候，小夹地对痛苦的守候，南甸子对时光的守候，它们看上去是不动的，凝固的，实质动在内里，活在其中，它们看上去是死的，其实是另一种生……

是这样吗？

难道不是这样吗？！

2001 年 12 月

第二部分：创作杂谈

由悲喜交加带来的思考

我不是一个容易快乐的人。我最初走上文学道路，与我总能陷入悲喜交加这样一种情绪有关。很小的时候，本是一年三百六十五天都在盼着过年，可当年真的到来，又会因年总要过去而感到恐惧；少年时本是盼着长大，可当长大的事实一旦降临，又会因为从此没了童年而郁郁寡欢。因为不断地有着盼望，不断地有着实现，悲喜交加便成了我日常光顾最多的情感。从不会投入地快乐，从不会快乐得忘我，大喜之时，总能触摸大悲的存在。应该承认，最初的写作，跟悲喜交加这种情绪对我的困扰有着深刻的关系，在那一日日总要受到抑制的情感的波动中，在那融之不化挥之不去的黯然神伤中，悲喜交加的情景仿佛一幕永不褪色的风景，在我的生活里覆盖了一切。将这种对生活的体会转换成文字，将这种困扰用文字来缓解、稀释，是我开始写作时在劫难逃的选择。一个妙龄少女在结婚之日的忧伤，一个不惑之人因为一次难得的旅行而永远背上心灵的十字架，一个乡村女子因为外界的吸引最终将完整的生活打碎，一个纯朴的乡下孩子考上大学走入文化人的行列便告别了纯朴，永远戴着一副面具……随着年龄的增长，随着外部世界的不断打开，我发现，悲喜交加，其实并不是我个人生活的困境，它是我身边每一个人的，是人这个群体共同的困境，它是人类命运的一条法则。我之所以悲喜交加，之所以在大喜的时候，总能触摸大悲的存在，是因为悲和喜相挨太近，祸兮福之所倚，福兮祸之所伏，悲和喜在一个体积里，几乎就是一枚硬币的正面和反面，悲和喜在一个长度里，几乎就是河流的上游和下游，盛开的后边是凋零，高峰过后是低谷。而我们所赖以生存的这个世界，我们所与之擦肩的这个人群，无不在这正面与反面里颠来倒去，无不在这长河中跋涉与挣扎。然而有一个现象让我们总是无法抗拒，那便是我们所赖以生存的这个世界，屡经枯荣从不衰败，与我们擦肩的这个人群，屡经失败从不气馁，凋零的后边是盛开，低谷过后是高峰。于是我发现，我性格中的悲喜交加，其实是喜悲交加，总是从乐观中看到悲观；而人类世界在斗争与发展的进程中却是真正的悲喜交加，总是在悲剧中一次次站立。

　　当我不断地因悲喜交加而写作，或因写作而更易悲喜交加，我不无惊喜地看到，悲喜交加是我身外这个世界所有生命的永恒遭遇，它在客观上带有规律的意味，它在主观上又带有发展的迹象，它在一次次交替中从不缺席，而人，迎接它战胜它积累了无数的经验和智慧，每一次的交替都不是原路返回。

　　抒写人生命运的悲喜交加，挖掘人在悲喜交加的命运中隐藏的人性的复杂与迷惑，是我从前、现在、以后乃至于永远的追求。在我一次次试图讲述身外世界悲喜交加故事的时候，在我一次次试图更深层次挖掘人性深度的努力中，我还看到，我的创作状态与生命中悲喜交加的现象极其相似，每一次发现后边都隐匿着一次迷途，每一次爬上坦途都永别着一些风景。创作的快乐，想象的快乐，仿佛暗夜中的灯火，它一直就在前边引我前行，灭掉了再度点起……

令人忧伤的情境

——《还乡》创作谈

一日下午,一个朋友给我打来电话,说心情不好,要我过去说说话。一个人心情不好,就是内心世界发生暴乱,暴乱分子可能是外部世界的一个眼神,一个信息,也可能是一缕阳光和空气。我不知道我一向以刚强自诩的朋友为何心情不好,当我来到她的家中,她正一个人在沙发上愣神。她见我并没马上向我供出暴乱分子,她只把一盘瓜子推给我,让我和她一起磨牙。我们无声地磨着,在一种寂寂的气氛里。我们用牙齿和瓜子轻轻嗑动的声音凸现着寂寂的气氛。许久,她说,其实没什么,真是没什么,是我对自己不满意,我不满意自己……

事情原来很简单,我的朋友因为帮助她的同学搞了一个广告创意,一次性创收五十多万。她的同学,一再向她表示给她创意费,第一次表示,她恼怒,说同学之间不要搞得那么俗气。第二次表示,她依然恼怒,说最初帮忙,她根本没有想到赚钱。第三次表示,她想了一会儿,她想已经坚持恼怒,她不能把自己的坚守半途而废,于是再次恼怒。可是昨天，当她听到另外一位朋友告诉她，她的同学因为怕她说自己俗气，出资带几位曾经帮过自己的人到东南亚旅行，没有告诉她时，她的心竟再也不能平静，她说我不知道我会这样，不知道……

我说，如果她最初什么不问，把该给你的如实给你，你是不是即使反对，也不可能退回？她说是。我长时间说不出话来，我，我身边许多的文人，都经历过如她一样的尴尬，只是不愿说出来。欲望与信念总是错位，总想在欲望面前有所操守，又总因为这种操守把自己搞得支离破碎。总以为自己是不俗的一个，又总是被最俗的念头把自己搞得面目全非。

记得那个下午后来的时光，我们谁也没有说话，屋子里充满寂寂又充满忧伤。这种情境让我们无比忧伤。我们静静地嗑一会儿瓜子，而后站在窗口向外凝望……就是这个下午，叔叔的故事在我面前呈现了它的全貌，它发生时也许不是这个样子，可是它在这个下午的呈现，便成了目前这个样子。

感谢《小说选刊》选摘！

1998年8月21日

在迷失中诞生

——《歇马山庄》创作谈

  《歇马山庄》的创作，跟我个人生活的困惑和迷茫有关，当时我刚刚从我的家乡县城庄河迁居大连，应该说，多年来，对于城市，我是怀有无限向往的，可是，当我真正进城，当我真正走进喧嚣、躁动、被世俗欲望搅扰得混乱无序的城市世界，我体会了一棵稻苗悬在半空的无依无靠，体会了融入茫茫人海找不到自我的恐惧。在此之前，我从来没有经历过那样的恐惧，完全一种找不到家的感觉，被淹没的感觉。我常常在夜深人静的时候，将思维探到心灵深处，以对心灵的感知来体会自我的存在，以体会自我的存在来支撑必须过下去的日子。对于那段日子，我会在将来的作品中写到它。我是说，长篇的写作，其实是为无依无靠的灵魂找寻一个强大的精神家园，它是一个虚拟的世界，它展示的是现实生活，可是促使这种展示的动力却来自于对于精神家园的寻找。

  我的童年少年都在乡下度过，日子、岁月在土地上运行的情境、形态、神韵在我的心里边留下了抹不灭的印象。它们一直像大树的根须一样盘扎在我的心灵深处，它们与时令、节气、风霜雨雪交织，它们与空落、寂寞、苍凉肃穆叠印，它们将乡村烈烈的日光和形形色色的人凸现在我的视觉里，它们随着我与乡村的走远一点点变成我心灵的家园。如果说，我的自我只有在深夜里能够显现，那便是童年里无限阔大、宁静的田野和土地，是雨雾纷纷的春天和阳光灿烂的秋天，是永远为食物所劳累却永远也不绝望的乡里乡亲。我迷失了我在城里的家园，我回到了我童年的家园，我回到了我的内心，我在内心里开始了恣肆飞扬的怀想和想象。我想象我童年的乡村、日子、人的模样：乡村，是永不改悔的寂静，日子是不折不扣的漫长，人，是有板有眼的忙碌……就是这时，我萌生了写一部反映当代乡村、日子、人的小说的念头。萌生了写一部现代乡村、日子、人的小说的念头。

现代的乡村，到底是个什么样子，在为长篇做着准备的时候，我回了几次乡下，我极尽我的细致来体察什么才是现代乡村的本质。改革开放二十年，青年人心中早已没有土地，土地变成一种手段，有时可能连手段都不是，而老年人，无论他们的生活受到怎样的搅扰，土地都是他们永远的宿命和归宿；改革开放二十年，乡村文明与现代文明之间的冲突在弱化，青年们已经从最初挣脱愚昧落后的痛苦中走出，旗帜鲜明地追求经济、人格的独立；改革开放二十年，乡村的外表却永远是寂寞的、宁静的，因为土地的广袤，乡野的辽阔，寂寞和宁静是乡村的永恒。然而乡村人的内心却是热闹的，活泛的，他们在一次又一次的惊悸不安中常常自己跟自己对话，跟流动的时光轮转的日子对话。

现实的乡村与我童年的乡村在一种力的推动下融到了我的生命中，融进了我的写作着的生命中，写作的过程几乎可以说是一个燃烧的过程，我不知道被一种什么东西烧着了，点燃了，我看到了一个又一个鲜活的人物，他们一点点走到我的笔下。他们一走到笔下，便牵动了我，让我为之疯狂，他们好像一直等待在我笔的前方，他们经历着苦难这人生永远的现实，他们在挣脱苦难的追求中，人性得到了极大的发展和张扬，他们对生活充满激情，他们又在强大的现实面前矛盾重重。他们让我焕发了种种生命感觉，他们一方面以地域文化特殊的情态不可抗拒地进入我的审美视觉，一方面又以瞬息万变的姿态无遮无拦地浸泡我裹挟我，让我沉到了感觉的海洋。在这个海洋里，语言被感觉击成一串串泡沫和碎片，捕捉这些泡沫和碎片让我快乐至极。不知道是在语言中感到了畅游的舒畅，还是跟我笔下的乡村人物有了切肤的沟通，还是这种沉入生命底部的写作让我真正找到了看到了一时迷失的自我，写到二十四万字的时候，我有一种站起来的感觉。

写完这部长篇之后，我写过一篇体会文章，题为《结构转机》，我对结构生命瞬间的波动瞬间的转机情有独钟，瞬间就是历史，瞬间才是永恒。一个决策者的瞬间内心波动可以使时代发生突变，而时代的突变又会导致底层人的心里波动，要写出一个个单独的、个体的人，凸现他们生命瞬间的转机瞬间的心路历程相当重要。当然，造成一个人生命的转机除了社会、家庭出身的因素，还有一个十分重要的因素，那便是"冥冥之中"。我对那个隐在我们生命中的不可预知的冥冥之中有着极端的敬畏，我对隐在我们生命中那个神秘的东西有着极端的敬畏。不管是在日常的生活中，还是在写着我的《歇马山庄》的时候，我都感到人生是无限神秘的。在我们身边匆匆走动着的生命中，神秘无所不在，一切事物的发展变化，都在一个神秘的时刻悄悄酿成，或者说都在一个悄悄的时刻神秘地酿成，你奔着的本是一条康庄大道，你小心翼翼，不时驻足张望，偏偏你最终又走到泥泞小径，偏离大道走入小径绝非你迷失了方向，而完全因为一场疾雨或一阵流风；你要去的本是一片波光粼粼的海湾，你满怀信心勇往向前，偏偏你最终走到了一片荒僻的丛林之中。目标一直就在前边,你分明看到了海水的碧蓝,你的眼睛分明已被波光灼疼,你却最终站在了荒野之上,满目怆然。你不知道你怎么会这样,你确确实实就已经是这样而不是那样。你觉得这不该是你的命运,恰恰,这就是你的命运——每一个生命,都在这种冥冥的错位中展示着生机,每一个生命,都在这悄悄酿就的偶然的转机中得以延续、延伸、永恒。

  我一直认为故事的魅力在于转机,而转机不是故事的原因和结果,而是那个变幻莫测神秘曲折的过程。对于《歇马山庄》,创作的所有艰辛和劳苦,喜悦和快乐,都在这不遗余力的对于曲折过程的展示中,都在这不遗余力的对于瞬间转机的展示中。我无力结构自己的生命和命运,我却可以倾尽生命来结构我所状述的生命和命运;我无力结构自己的转机,我却要倾尽所有人生经验来推动、结构我笔下那些生命的转机。我所结构的生命是神秘的,我必须依附于生命的本来面目来结构转机,而创作着的我又是一个生命,我结构着的生命很可能因为生命对我的结构而有了完全陌生的全新的结构,就是这样。

2000 年 3 月 17 日于大连鹏程家园

情感地理

——《街与道的宗教》后记

对我来说,这是一部意外的作品,在我没有一点准备的情况下,它来到了我的创作中。记得那是冬日里的一个下午,刚完成一部中篇小说,要躺下休息休息时,朋友打来电话,说来了一位陕西师大出版社的编辑,要搞一套作家地理丛书,要约见几个朋友。我对这样的丛书没有兴趣。应该说,我除了对自己下一部想写的作品感兴趣,对所有的策划和约稿都没有兴趣。写作这么些年,我从来不适合约稿,一有约稿便不会写了。然而,因为朋友要出差,没有时间去接待出版社的人,便恳求我去见一下。

约见的人是本套丛书的策划者姚洪文先生,见面才知道,他当时的想法并不是很成熟,所谓作家地理,只是一个意向,是指与作家创作生命和情感历程相关的地理,也就是说,要作家去写一个地方,一个影响了作家一生的地方。我在懵懂中一点点探问,我说是不是指作家的情感地理?他说对,就是情感地理。这句话是怎样点燃了我的创作灵感啊！那天晚上回到家里，我兴奋得一夜没睡，他走后不到一周，我就开始动笔了。

写作时我才知道，我这没有准备的创作，其实已经准备了近四十年，其实是从一懂事那一天开始，就在做着这样的准备，也就是说，这部书，在我的生命中已经等待了很久，它早就等在了我的前边，它其实早已经拱出了地面，只是上边落满了零乱的草叶和尘埃，就像一株从丛林深处钻出的小草，需要有人为它拂走身上的面纱。姚洪文是这拂去面纱的人，当然，即使没有他，它也迟早会得见天日。我是说，它的破土而出，实在让我喜出望外，它似乎刚刚露头，就让我看清了丰润的叶片纤细的脉络，就让我看清了它的全貌。

这是一次最最宁静的写作，人沉在了时光隧道里，不知道现实时光的流动；这也是一次最最激动人心的写作，心灵匍匐在了睡梦都在想念的故乡的一草一木上，痛苦与欢乐皆闻风而动。写作的过程中，我不知哭过多少次，笑过多少次……我回到了孩提时代，可是又躲不过成年的沧桑，而恰恰因为有了成年的沧桑，才使童年的苦与乐都变成了创作中的乐。如果不是中间隔着一个会，我相信那段美好的创作时光会很长，会因为长而格外美好。那确实是世间真正美好的时光，已经四十岁的人了还孩子一样在故乡的屯街上一趟趟疯跑，风在艳丽的日光下鼓胀胀地撞进怀中，恍如一个又一个气球。遗憾的是，写到五万字时，全国第七次作代会召开，到北京开了五天会，再回来，用接近一周的时间将会议的信息从心里清出，那样美好的日子便断成了两截，那样美好的日子便不那么完整了，这真的让我有些遗憾。其实，这样的遗憾并不足惜，真正可惜的是，它影响了我的作品，使作品后半部分的气韵不那么充足了。

对我而言，这部书由谁出，出不出，在我写完之后都变得不重要了。重要的是，我写出了它，我写出了令我欣喜无比的文字。重要的是，我在我的乡村重新成长了一次。我和我的奶奶、父亲、母亲、叔叔大爷以及哥哥嫂子们，在故乡的屯街上又重新生活了一次。有这，就足矣。因为无论怎样，我都再也回不到童年了，回不到了！

2002年1月31日于大连鹏程家园

我的日常

——《歇马山庄的两个男人》创作谈

曾写过一篇叫作《民工》的小说,在那篇小说里,我讲述了一对父子回家奔丧的故事,那个故事的结尾很悲惨,在奔丧的过程中一直饥饿着的父与子,忙碌完之后,因为饱餐了一顿,恢复了悲痛的能力,看到眼前空落落的现实,躺在炕上大哭了一场。那一次讲述耗掉了我很多心血,从那里走出,本以为我会轻松起来,可是作品发表后,一段时间以来,不知为什么我的心里一直不安,一直觉得我做了一件极不道德的事,仿佛我是一个歹徒,是我将两个人劫持并一点点推到悬崖,逼到了一个绝路;我把他们丢到悲惨的境地,又撒手不管,扬长而去了。关键是,在奔丧的过程中,不管他们多么悲惨,他们毕竟一直在忙碌着,一直被参加葬礼的人们簇拥着,在簇拥着的忙碌中,日子怎么说也是不难对付的,可一旦静下来,生活回到日常情态,回到天高地远,回到漫长和孤寂,他们该怎么办? 他们该是什么样子?

就这么折腾几天,我做出一个决定,我决定再回到他们心中,回到他们的生活中，管一管他们的心灵和生活，为他们的心灵和生活负负责任。我所说的负责，自然并不是救救他们，我救不了他们，事实上在人的精神苦难面前，谁也救不了谁，能救的，只有自己。我是说，为了对得起我的人物，我能做的，只有把自己置身到正身置灾难的民工的日常中去，只有努力过滤掉事件，放慢镜头，记下他们的精神濒临绝境时的自救过程。这是我唯一能做的。

　　日常，是生活最本质的状态，也是人最难对付的状态。事件总是暂时的，瞬间的，而人在事件中，又往往因为忙碌，因为紧张，体会不到真正的挣扎。事实上，人类精神的真正挣扎，正是在日常里，在一个人面对自己内心的时光里。然而，就像日常是难以对付的一样，在作品里表现日常，也是一件并不轻松的事。我不知道我是否做好，我只是在努力着。

2002 年 9 月 18 日

野地的呼唤

——《歇马七日》创作谈

一转眼,秋天又到了,喜欢秋天,是我多年以来的事,每到秋天,只要秋风刮起,日光从窗前离开,天变得高远而透明,我的内心就有一种说不出的愉悦。在城里,在楼群密集的小区里居住,其实即使秋风刮起,也是听不到呼啦啦的声响的,但是我能听到。我听到的是苞米叶子在秋风中呼啦啦地响动,我甚至能看到苞米叶子在风中飘舞闪光的模样。那是童年乡村的苞米叶子,它在我的秋天里一直响到了今天,飘到了今天。因为童年的经验,我一直保留了这份难以说清的秋天的快乐。然而,这不是我想说的,我想说的是,当我因童年的经验一直享受了这份快乐,当我在享受中无数次回到乡村,我发现,我的每一次返回都有所不同,也就是说,随着时光的推移,阅历的增长,随着外部世界在生活中的渐渐打开,乡村的世界也在一点点变样,乡村的世界因为目光的改变而在不断改变。

其实,经验一旦属于某一个人,就变成了死的东西,要紧的是对这死的东西需要一次次访问，要紧的是要在这一次次对已成定局的经验的访问中获得新的发现。其实，所谓创作，就是对经验世界的发现和再发现，就是在已成定局的经验中寻找新的困惑和冲突。困惑和冲突，是生活中一个永恒的现象，对我而言，所有的创作，都是在死的经验中寻找活的常变常新的困惑和冲突，从而使经验变成精灵，在眼下和未来的创作中飞翔，在童年赋予我的歇马山庄里飞翔。

秋风刮起，怀着欢愉的心情，我看到了又一个歇马山庄，看到了歇马山庄又一个人群。

2007 年 9 月 3 日

女人的家

——《燕子东南飞》创作谈

　　这篇小说的诞生是一个很有意思的过程，2005年我丈夫拍了一个反映乡村老人如何在三个儿子家轮养的纪录片，那个老人每轮到一个儿子家，都说她要回家。老人生了一帮儿女，最终却没有一个属于自己的家，让人看了特别心酸。可后来才知道，她说的回家，是要回娘家。在纪录片里，我丈夫确实安排了一次儿女们送老人回娘家的仪式，她回家后不认识家也不认识家里任何人。女人的家究竟在哪里？这片子看了让人难过让人思考。但作为小说，我觉得这些元素远远不够。那时，我心里就有一个念头，一定写一部一个女人一辈子都想回娘家一辈子也回不去的小说，必须是回不去，回去了就没意思了。可什么阻力才能使她回不去呢，什么阻力才能使她的回不去有着更深广的思想内涵和人性深度呢？

　　人物故事是一点点丰满起来的。一颗种子埋在心里，生根发芽是需要用心等待的，我用了哪些心才等来了那些须芽，如今已经忘记了，不忘的是，人物故事丰满后，一直找不到一个好的载体，如果把老人的一生都闪回在回娘家的路上，一定是非常沉闷的。2007年某一日，我去开发区做衣服，坐上轻轨那一刻，突然有了灵感，我能去开发区这么远的地方做衣服，为什么不能在小说里安排我去一次歇马山庄呢，我去了歇马山庄，发现这个老人，一点点发掘她的秘密，为什么不能安排一次回家之旅，让我亲历她艰难而痛苦的过程呢……让"我"出现在小说里，用"我"来穿针引线，一下子就获得了新的结构和语言。这部小说给我带来最大的收获是：矿藏埋在地下，从什么地方开采，用什么方式开采都有定数，写作者最需要做的，就是用心守候。

2006年8月7日

马车上路

——《吉宽的马车》创作谈

每一次写作都是一次挑战,这一次挑战似乎更大。小说的灵感来自于回老家时母亲的一句话,她说我表哥家的小美在城里饭店端盘子被一个小老板看中,小老板让她回家等着,两个月后他来娶亲。青春是等不住的,小美回家办嫁妆能不能爱上了别人?她要是爱上别人还能嫁小老板吗?她要是嫁小老板,那后边还将有怎样的故事呢?将这个念头养在心里,就像养着一条鱼。原本是要写一个短篇,可是一天天养着它,看着它,居然发现一个短篇根本装不下。我养着它,并不是给了它多么现实的食物,而是那段时间不期然走进虚无的世界,觉得一切都没有意义。为此,我去了辽南并不是我老家的乡村,希望抓住某些现实的东西,希望重温经验中的人间烟火。就是这次,我识别了一个乡村懒汉。所谓识别,是说他躲在一些女人后面,根本没跟我搭话。可是不知为什么,他一下子就吸引了我。想想看,一个年富力强的小伙子,不外出打工,成天打扮干干净净的游逛在乡野上,要不是心里装着另一番天地，怎么能在寂寞的乡村待下。可以说，是虚无让我看到别样的人生——那种拒绝奋斗拒绝改变的人生。如果一切都没有意义，那我们为什么要奋斗要改变！我自始至终都没跟他说话，但我的内心已经被奔涌而来的想象填满。一个懒汉看到的世界，一定比一个奋斗者看到的世界更丰富更纯粹，因为只有不动，才会更深刻地感受天、地、自然，感受风、雨、万物。如果他在不动中还有稍微的动，如果让他赶一辆马车在乡道上转绕——马车常常是我熟悉的乡村懒汉栖身的地方，如果他因为拥有一辆马车经常和上街赶集的女人们在一起，那么他简直就拥有了在虚无的我看来世界上最美好的生活了。然而，正是有了这样的想象，我的虚无遇到一场大风似的荡然无存，因为如果让一个懒汉赶上马车，那么在我心里一直养着的那个小美就有了去处，她搭上了懒汉的马车，她恋上了懒汉，或者说懒汉恋上了她，如此一来，一场有关两个人的内心风暴便在我的心里孕育。

我孕育着一个懒汉和一个女孩的内心风暴，我因此而不再感到虚无，因为之后我跟进了一个懒汉的世界，我的另一些乡村经验被层层唤醒，我的眼前走来了那么多此前从不曾关注过的人和事，我的内心骤然刮起了创作一部长篇的风暴。在这场写作中，我遇到了太多的困难，如何回到一颗青春的心，去经历一场原野上的恋爱——我觉得我已经没有了书写这种乡村爱情的能力；如何将一个人的爱情风暴卷入城乡之间——回乡办嫁妆的女孩不可能嫁给懒汉，懒汉因为爱上女孩也不可能仍然留在乡村；关键在于，让一个人的内心风暴融入时代的风暴，必然会发现更多人的内心风暴，如何讲述更多人的故事，如何控制文字的节奏，如何写出命运的深度人性的深度，如何让所谓的"当下"进入审美境界，变成艺术的现实，如何让笔触从心灵的缝隙里探进去，再从时代的缝隙里走出来，如何既反映时代又超越时代……我的写作从不曾这么艰难过，几乎是一步一坎困难重重险象环生，艰难给我带来了巨大的挑战,将写好的文字发给关心我创作的朋友看,几易其稿。最后,主人公的风暴已经结束,我还心有余悸,因为只有真正完稿,我才有勇气怀疑自己的才气是否真的能够完成这样一场"完美的风暴"。

在此,再一次感谢关心我创作的朋友!

2007 年 3 月 13 日于大连家中

存在感

——《秉德女人》创作杂记

五叔是五十年代考到沈阳鲁迅美院的高才生，毕业后在北京、哈尔滨等地工作。在我童年的记忆里，只要五叔从外面回来，当天晚上大家必聚到一起开会，听五叔讲话。五叔是公家人，是国家的人，他讲的事都是发生在遥远的外面的、国家的事，什么中俄关系，中日关系，什么第一颗原子弹、氢弹、卫星……那样的时刻真是美妙无比，所有人的目光都聚集在五叔的脸上，每个人的脸都微微涨红，仿佛五叔的话是从国家这个粗血管里流出的血，一点点渗进了家里每一个人的神经……在我童年的记忆里，还有一种会让我难忘，那是生产队里召开的学毛选大会。那是文革初期，每到晚上，我都要在房后小树林里等待老队长的哨声，他哨声一响，我便撒野往家跑。那时父亲已经双目失明，他去开会需要我牵着他的手。父亲在那样的会上非常激动，抱着我听队长在上边念报纸讲话，下颏的胡须往往不住地抖动，身子一颤一颤，就像有什么东西正通过队长的话语传进父亲的身体……多年之后，我因为写作从乡村走出，在县城文化馆工作，有两年还阴差阳错地做了县文化局的副局长，变成了公家人，每周末回到乡下的晚上，父亲和三个哥嫂必定自动向我围来，像当年全家人围住五叔一样。我也就自然而然地扮演了五叔的角色，讲我所能知道的那一点点外面的事、国家的事。那时我已恋爱，回乡下必带男朋友，几次之后，男朋友因为不能在更多的时间里和我亲密，再也不跟我去了。然而我从没因此而修改日程，因为我看到了父亲和哥哥脸上的光……又是一些年之后，因为写作，我散漫的内心经历了由对秩序的渴望到对秩序的排斥，以及到对无秩序的自由精神的强烈向往，我毅然辞掉文化局的工作，从县城调到大连，又在不断写作的努力中有机会做了专业作家。专业作家意味着再也不用上班，再也不必开一些无聊的会，能拥有这样的自由，对我来说相当不易，可是没有人知道，当我家庭妇女一样成天坐在家里，再也不能经常出去开会，我的哥哥们是多么失落！偶尔地，我外出采风被哥哥们知道，他们会赶紧打来电话，兴冲冲问，怎么出去啦？开会吗？每当这时，我的心都在隐隐作痛，仿佛做了亏心事。

2005年的一个下午，我带着当时89岁的老母亲去移动通信公司交电话费，面对站在柜台里的服务员排队等待办理业务的时候，坐在身边的老母不无遗憾地说："你这辈子是不是再也不能像那些闺女那样干公家的活儿了？"我一时热泪盈眶，似乎终于明白，在不在公家里，是不是和遥远的国家有联系，只是人的一种存在感，是孤独的个体生命的本能需求，这种需求，不独属于知识分子，它属于这个世界上任何一个人！包括秉德女人！就像一棵树总要参向天空，一条河总要流向大海。

2009年11月3日

后颈的表情

——《致无尽关系》创作谈

曾经写过一篇小说,叫《春天的叙述》,那篇小说来自于某个早上对儿子后颈窝的印象,儿子每次理发之后,露出被刮净的后颈窝,都让我想起一个人——他的爷爷。那时,我第一次知道人的后颈窝也是有表情的。我儿子后颈窝的表情酷似他的爷爷,这让我想不通。于是就有了那个发生在春天里的关于对媳妇与公公婆婆关系的叙述。然而一些年过去,这种关于关系的叙述欲望一直驱之不去。许多时候,当我坐在丈夫家里的人中间,被他们叫着嫂子或媳妇,或一些辈分上的称谓,我都在想,我怎么会和他们在一起?我跟他们有什么关系呢?

每个人,都生活在由血脉生成的关系网络里,我的母亲从一个与孙家毫无关系的于家嫁到了孙家,她生了我们一大串儿女,从此她就与孙家结下了牢不可破的关系;我的婆婆从一个与张家毫无关系的侯家嫁到了张家,生了我丈夫一大串儿女,于是,她就是张家宗族网络里不可或缺的一环;而我,从与张家毫无关系的孙家嫁到张家,生了我和丈夫的儿子,从此,我儿子的后颈窝就有了不可磨灭的爷爷的表情。在这些错综复杂的亲缘关系里,婚姻是第一关系,如同亚当夏娃是人类的第一关系,作为这种关系的缔造者,母亲和婆婆怎么想我不知道,父亲和公公包括我的丈夫怎么想我也不知道,我经常有的想法是:我们为什么要结婚?

这篇小说,可以说从我结婚那天起就萌生在心里了,每当我往返在婆家和娘家之间,忙碌在由婚姻关系牵扯出来的关系里,每当我忙碌在那个繁复的关系里,觉得几乎被关系包围,到头来却发现自己的灵魂如此孤独,跟任何人都没有关系,我就恨不能马上写它。可是,不知为什么,那叙述的激情一直没有到达。2007年年末,年一点点来临,我和丈夫讨论着过年回家给亲人买什么酒,这是每年一度都必须讨论的话题,就是这时,我的激情来了,我的小说诞生了,它顺着回家过年而勾起的无尽的关系网络生根、萌芽、长叶、开花。只是在写作过程中我意外地发现,这烦琐而繁复的关系,其实是人得以活下去的真正养料,没有它,人就是一缕虚无的风。只是这关系从小说里延伸出来,不仅仅是由婚姻而交织的人跟家庭家族的关系,还有人跟故乡、过去的关系,人跟眼前、现实的关系,人跟梦想、远方的关系。

谢谢《中篇小说选刊》!

与经典相遇

遇到萧红的《呼兰河传》，是 1986 年。这一年 3 月，我在《上海文学》上发表了短篇小说《小窗絮语》，小说写一个青年在城里读了两年书之后再回到乡下家里的烦恼心绪，她闻不惯乡村恋人身上浓烈的化肥气味，听不惯奶奶、父母哥嫂随地吐痰的声音，看不惯铺满院落的鸡鸭猪狗粪便，更不接受原来有着远大理想的闺中密友已结婚生子、被活生生拉进泥土的现实……那是一部自传体小说，内中许多情节都是我的亲身经历，可我想不到，就是这样一篇小说发表之后，一个读者从大连开发区出发，开车专程来庄河见我——那时已经有了开发区这样的新生事物，这位来访者是开发区管委会一位领导。令我想不到的是，他身在改革开放最前沿，却有闲暇读小说，并且，他还带来一位热爱小说的朋友，并且，他的朋友还带来了见面礼——萧红的《呼兰河传》。当时，我根本不知道萧红是谁，不清楚他们为什么要送我她的书。那不是书，是一本复印件，是来访者专门为我复印的《呼兰河传》。因为不知道萧红是谁，也就不知道这份礼物有多么重要，不但如此，由于刚刚开始写作，刚刚因为写作而从农村走出，到庄河县文化馆上班，两个陌生人的来访不但没有打动我，反而让我惊慌失措——他们一路打听着走进文化馆创编室时，引来许多好奇的目光。

那次，与慕名而来的朋友见面——后来我们成了无话不谈的朋友，究竟说了什么，坐了多长时间，我全然记不得了，唯一记得的就是把他们送走后，发现土黄牛皮纸封皮上"呼兰河传"四个字向我闪烁着急盼盼的眼神。很显然，急切的是我而不是它，因为急切，我提前离开办公室过起了夜晚。在那个遮蔽了窗帘的昏暗的宿舍小屋，我彻夜无眠，我像吸附在一块磁石上的铁屑，随着磁石的移动微微颤抖激动不已，萧红笔下一到冬天就裂了口子的大地，一到春天就陷进泥浆的马车，只有秋天才热闹起来的山野，还有黑漆漆的磨坊、漏雨的粉房，荒凉的草房人家，还有祖父、祖母，还有在大街上自由窜动的蜻蜓、蚂蚱、小燕子，分布在小城街头的金银首饰店、布庄、茶庄、彩纸铺……我不知道是被游走在文字里自由自在的灵魂打动，还是被镶嵌在荒蛮大地上的孤独寂寞感染，我一走进去，便再也不能自拔。那个夜晚，我被烧着了一般，在床上一会儿趴下一会儿爬起，我走进去的，本是萧红的呼兰河小城，却觉得那小城就是我的家乡小镇，我看到的，本是萧红的童年景象，却觉得那景象正是我童年里的记忆，第二天早上，当我睁着一双熬红了的双眼爬起来上班，我的眼前，已经站立起另一个村庄。她坐落在盆地中央，前后街两排草房，她前边有两条细长的河谷，河谷两岸长着丰沛的野草，她就是生我养我的辽南乡村山咀子。

1986年，这一年对我实在太重要了，它的重要在于，通过萧红，我看到了自己的村庄。我的村庄一直都在，它位于黄海北岸，却不守海，它属于辽南山区，却没有山，它只是一个盆地里的村庄。它行政上隶属于辽宁省庄河县——庄河，庄河，庄庄有河，所有的河谷都通着大海。我故乡的河谷，两岸长满了野草，顺长满野草的河谷向东南方向走，不出一小时就能走到海边小镇，那小镇叫青堆子。在乡下待得寂寞厌倦时，被父母管束得喘不过气时，就顺河谷小道逃往青堆子小镇，叛逆的情绪往往随着河谷岸边的野草一起摇曳。我初始写作，抒写的就是这种急于逃离的叛逆情绪。虽然在这种情绪中，也触及到村庄的人和事，也描绘过大街、土地、山野、草丛，可我的情感是厌恶的，憎恨的，我对村庄人事景致的书写是下意识的，不自觉的，朋友喜欢《小窗絮雨》，或许是他看到了那里边下意识的部分，朋友的朋友送来《呼兰河传》，或许是觉得我下意识书写的村庄和萧红笔下的村庄有点像，可他们不知道，他们唤醒了我对属于自己的那个河谷村庄的感情——那天早上，当我满眼都是我故乡的村庄河谷，河谷两岸丰沛的野草，一股挚热的溪流涌进眼角，我一瞬间热泪盈眶。

　　厌恶也是因为爱，憎恨也是因为爱，就像情人间的爱极生恨，就像亲人间的怒其不争。可是在遇到萧红之前，我看不到自己对河谷村庄的热爱。我甚至不知道，我在小说里不断地书写她，书写那些落后的令我厌倦的人和事，令我反感的畜类和蚊蝇，正因为我在不断地向着外面的逃离中，受到了冲击和伤害，我是因为受到伤害，才愿意回到心底的村庄。

　　——伤害同样来自于1986年，这一年5月，我从一个脸朝黄土背朝天的农民摇身一变成了拥有城市户口的城里人，成了天天在文化单位上班的文化人，可是野草一样在山野里长大的我，对按时上下班，对程序和秩序有着天然的抵触，尤其创编室里寂寂无声的气氛……我倍感压抑，我因为压抑而生出郁闷，我因为郁闷而神经衰弱，得了严重的失眠症。见到来访的朋友，读到《呼兰河传》，正是失眠最厉害的时期，通过呼兰河小城看到我的河谷村庄，一株在乡野上摇摇晃晃生长了二十多年的野草无异于回到那片自由的土地。

后来我知道，萧红写《呼兰河传》，是她在外面世界疲惫漂泊近二十年之后。二十年来，她追求个性解放，不断地从乡村逃离，她逃脱父亲的专制统治，又感受到男权文化的压迫，她"逃避男权文化的钳制"，又遭遇"日本侵略者的铁蹄"，最后患病住在香港。巨大的孤独和寂寞扑面而来时，她的笔便回到了虽是寂寞但却无拘无束的乡村大地，她的灵魂在那里自由地徜徉。有研究者说，萧红"是一个有着深刻思想的作家，在短短十年的创作生涯中，写下了一百万字的作品，她由幼稚到成熟，由投身到左翼思潮到逐渐独立，有意识地疏离主流意识形态话语，思想经历了明显的前后两个发展阶段"。而我却宁愿相信，萧红的成熟，萧红的有意识疏离主流意识形态话语，有后天外部环境的影响，更有野草一样自由生长在乡村的因素。在她的童年，虽也有祖母的管束，封建礼教的压迫，可坦荡的大地开阔的原野使她一直保有一颗自由的心灵。萨特说，凡是人都有他的自然地位，这个自然地位的高度不是自尊和才华所能确定的，而是儿童时代确立的。萨特说他的自然地位是巴黎六层楼那么高。童年对一颗自由心灵的培植，使萧红多年来一直有着清醒的内心边界，当某种专制和束缚、程序和秩序伤害了自由，她刀锋一样锋利的神经便撞到哪里哪里滴血，她的笔下便有了饱满的激情，这激情在回到故乡大地时，便再生出一个阔大的艺术世界。

出走因为追求自由，回归依然因为对自由的追求。人在封闭愚昧的乡村，向往的是外面的开放和文明，殊不知开放和文明自有自己的程序和秩序，自己的制度和法则。这秩序和程序、制度和法则对身心的自由是另一种束缚和挑战。实际上，在我 1986 年遇到萧红的时候，我找到了我心灵里的真正家园，它在我的对面又在我的背后，她是我的记忆却是一个真实的现实的村庄。乡村有自己的秩序，自己的文化结构，可她一旦变成思念和怀想，升腾在现实的文明世界对岸，那里就成了一个自由精神的栖息地，就生成出一个理想的虚构的空间。

　　我不知道，当年驱车而至的来访者，是不是心灵的自由在喧嚣的开发区备受压抑，才在我无意识写到的村庄里找到寄托？也不知道，那位送我《呼兰河传》的朋友，是不是从我的作品里了解了我的压抑，才有意让萧红带我回到身后的村庄？或者，是他们觉得作为一个写作者，必须知道我是谁，我的故乡在哪里，才能在文字里建立起一个自由的艺术王国？我不知道。我只知道，在我刚刚开始写作的时候，有陌生人专程为我送来萧红的书，是老天的眷顾，是上帝的垂青，是命运的奇迹。我还知道，这两位朋友，都出生于中国北方乡村，他们一路北上来庄河看我的时候，正是他们因相爱而不能在心底里苦苦挣扎着的时候。多年之后他们告诉我这一事实，我长时间沉默不语。只要你心里有一颗自由的种子，你终究是一个漂泊者，你终究会被现实的浪潮击打得头破血流。原来，当时的他们，也和萧红一样，在寻找自己野草一样的童年，以慰藉遍体鳞伤的心灵。

2010 年 11 月 18 日于大连鹏程家园

回到零点

——我与《小说选刊》

1986年,在《鸭绿江》杂志发表的小说《变调》被选载,才知道在众多原创杂志之外,还有一个《小说选刊》。不经意间闯入《小说选刊》,意义在哪里,当时并不十分清楚。那时我刚刚因为写作改变农民身份,在县城文化馆上班,除了关心每日到来的身处程序和秩序的痛苦,并不失时机把痛苦写出来,寄到《海燕》或《鸭绿江》发表,对远方和更远方还有什么杂志,对什么样的杂志将更有影响,并不知道。那时候,似乎只要作品得以发表,内心的述求就得到满足。可小说被《小说选刊》选载,境况却大不相同,不但收到了来自省内外读者的来信,省作协开会,还常常会被点名提到。那时候,你落在茫茫乡村县城,突然有读者知道你,又被省作协领导在跟文学有关的会上提到,就仿佛一粒沙子突然变成一颗珍珠,你觉得你身上顿时拥有了某种不一样的光辉。

其实后来相当长一段时间,我都又回到一粒沙子。我发表作品的平台突破了地域的疆界，不再拘限于《海燕》和《鸭绿江》，在《芒种》《作家》《春风》《上海文学》《北京文学》《青年文学》等杂志都有亮相，《小说选刊》却再也没有选载。从1986年到1997年，这之间有着十一年的时光，我不记得在这十一年里有没有期盼过，有没有因期盼而失望，从而像一个记仇的小孩儿一样再也不理睬《小说选刊》，反正某一天，当我从庄河调到大连《海燕》杂志社，在杂志社年终聚餐的餐桌上遇见从北京回大连度假的小说选刊编辑冯敏老师（后来他做了副主编），当时主持《海燕》的毕馥华主编把几期《海燕》杂志交到冯敏老师手中，我的内心毫无波动。要知道那时候能这么近距离地接触《小说选刊》编辑，是多么难以想象的事，尤其毕主编交给冯敏老师的《海燕》里，有一期还有我的作品。我内心毫无波动，也许因为刚调大连，需要我波动的事情太多，但确实，某一天，当我的小说《台阶》被《小说选刊》选载，我大感意外。第一，那小说发在《海燕》三条的位置；第二，这之前没有收到被选载的消息。那篇被冯敏老师称为"从众多小说中打捞出来"的《台阶》，后来还获得了1997年《小说选刊》优秀短篇奖。记得某篇评论文章在提到我时把我说成文学新人。写作十几年，才刚成为文学新人，感受鼓励的同时，一种意想不到的委屈随之而来。就像一个流落荒野的孩子突然遇到亲人，心想这十几年来你在哪里？你为什么不来寻找我发现我？确实，好多年，我都觉得我不是文坛的幸运儿，我的道路太曲折太漫长，都觉得我是那个被埋没在很深很厚的土层里的种子，要拱出文坛的地面太难。委屈猝不及防，就像后来一次又一次遭遇鼓励的猝不及防——自从《小说选刊》扮演了发掘、发现我的角色，我的写作开始受到关注，《播种》《春天的叙述》《舞者》《歇马山庄的两个女人》《民工》《三生万物》《一树槐香》《致无尽关系》等作品不但被《小说选刊》选载，还被其他选刊选载，作品的影响范围在扩大。然而，有一个感觉却不期然发生变化，你并没觉得自己从一粒沙粒变成珍珠,因为这时你又发现,你的身边处处都是珍珠,跻身于这耀眼的世界,你不但不觉得自己耀眼,反而格外感到黯淡无光。这就是我,只有封闭在狭小世界,才会感受到那种来自"内心"的力量、"自我"的能量。当然,这恰恰是我得以收获的最最重要的东西:当你带着黯淡的感觉回到零点,回到狭小的世界,积蓄于内心的力量和能量才更加丰沛充足。

为此,我永远感激《小说选刊》。

2014年9月28日于大连家中

有心的道路

——《生死十日谈》创作谈

不知从哪一天起,我不再喜欢悲剧,不但不喜欢生活里的悲剧,连艺术里的悲剧也要躲避,电影《2012》《唐山大地震》《南京,南京》宣传得再好都坚决不看。如果身边人的悲剧不得不面对,那么也尽量让自己麻木,不去用心体会。这似乎是年龄赋予的和平演变,希望自己成为快乐的阳光的没心没肺的人,哪怕因此而影响了创作——把生活看得比创作更重要,这真是一场不期然的革命,这在之前的我简直无法想象。

然而,它真的就这样悄悄地来了,我不再无病呻吟,不再在快乐的场合出示沉思的表情,不再每天面壁苦思文学,我甚至厌倦了足不出户的面壁苦思,以及和文学有关的各种交流,我走出家门,把自己放逐乡村、山野,要么面对无边的野地长久发呆、静伫,要么随意跟随任何个人和团队进入各种现场,我不在意跟谁在一起,只在意是否把心严密包裹,只在意是否快乐——我不想说任何跟文学有关的话,因为文学让人思考，思考就不快乐。我的革命宗旨就是快乐。在初期阶段，可以说成效显著，我像一个没心没肺的傻子，跟家乡一直致力于挖掘拯救民俗民风的朋友四处游窜，跟家乡人大代表队伍，像模像样视察工作，跟农发局各部门布置工作的公务员，像模像样出村进屯亲临现场……直到有一天，我的好朋友——大连医科大学医学心理学教授贾树华，把我带到采访自杀者遗族的队伍，我的革命，不得不以失败而告终。

那些自杀的故事，那些自杀者遗族的心碎讲述，把一个密封已久的盒子生生打碎，就是这时，痛苦、悲伤、绝望、困顿、迷茫，如一群疯狂的飞鹰，扑闪着黑暗的翅膀，一瞬间罩住眼前的光明，心，也就是这时，在黑暗里生生地疼了。那些故事，在掘掉了我得来不易的快乐之后，直通那根文学的神经，让她一天天敏感起来，蓬勃起来。于是，我不但再也无法躲避痛苦，再也无法躲避文学，且立志以文学的方式，谈自杀，谈死去的人和活着的人，谈生的艰难，死的悲哀，谈困顿后的绝望，迷茫后的追问……也就是这时，我发现，文学，再一次覆盖了我的生活。

事实证明，走一条有心的道路，是我的宿命。事实证明，只要你走在有心的道路上，你的写作和人生，就无法彻底分开。

有心的道路，无疑会让你体察人类普遍的孤独、恐惧、忧伤和脆弱，当一个死了妻子又失去了十五岁女儿的父亲站在你面前诘问苍天，老天你在哪里，你的眼睛看到了吗？我本是帮人家干活拆房，为什么要让一块石头砸断我的脊梁，我断了脊梁再也不能养家，为什么还要让我老婆突然离开？你让我的老婆离开我，为什么还要让我十五岁的女儿也撒手人世？站在一旁的你，不由得不感到彻骨的苍凉和无助，惶惶然之中，不由得泪水滂沱。在《生死十日谈》里，我触及的是贫穷、疾病带给乡村人群的灾难，是他们在乡村的城市化进程中的困惑和迷惑，以及他们的自我救赎，可我想说，我要表现得绝不仅仅是他们，我要表现的是所有人的迷惑和困惑，是所有人的自我救赎。因为，只要你走在有心的道路上，你会发现，困难、苦难如影随形，在这个变革发展的时代，事实上我们每一个人都逃不了干系，我们每个人都走在这自我救赎的道路上。不管是农民还是知识分子，不管乡下人还是城市人。

有心的道路，拒绝肤浅的歌颂，这并不是说你不喜欢阳光下的清明和欢笑，而是在那一丝阴霾游动在头上的时候，在那欢笑突然停歇的时候，你知道那里发生了什么，你知道生命在那一时刻的战栗和忧伤。文学是时间的历史，更是心灵的历史，是心灵穿越时间的历史，在文学里边，瞬间就是永恒。"温暖叙事"，盛赞生活的美好，确实是慰藉心灵的最佳方式，可是这温暖绝不是逃避痛苦和苦难，掩埋罪恶和欲望，把烛光投在阳光正面，不是温暖，在文学里，最温暖的烛光应该烛照阳光背面、阴影和黑暗，因为那里的冰川绝不会因你的冷漠而融化，也绝不会因你的无视而消失。在这场深入灾难现场的调查中，我看到那些密封伤口深处痛疼的受难者多么渴望被捅破，被打开，被理解。打开别人的伤口，需要有像外科医生一样的勇气，可是你别无选择，因为你看到了那些战栗着的渴望的目光。

有心的道路，拒绝简单，它从单纯的愿望出发，途中的每一个站点一定布满荆棘，复杂一定是所到之处的现实真相。为人生，我们可以最大限度地逃避烦恼，简单地活着，而为文学，绝不可以！在文学里，简单就意味着粗暴，因为"文学是一种生命现象，人的全部奥秘都在其中呈现"。

有心的道路，拒绝过二手生活，这绝不是说必须亲历种种苦难，不是，而是必须永远葆有一颗悲悯慈悲的心，因为它通往人性的脆弱、困惑、痛苦、绝望、迷茫，它甚至通往丑恶和残酷，至抵人的存在。

人为什么活着，存在的意义是什么，我们为什么要来到这个世界，携一颗同情和慈悲之心上路，各种生命景观注定就在路的两侧，丰富复杂的人类情感内容注定就在两侧；携一颗同情和慈悲之心上路，穿越脆弱和绝望，抵达的一定是光明和美好，因为脆弱的对面是坚强，绝望的对面是希望，黑暗的对面阳光灿烂。

有心的道路，必然会处处碰撞，伤痕累累，因为一颗真正的心是自由而狂野的，它既属于此刻又不属于，它从不确定是 A 还是 B，当你觉得它是 A 时，它站到了 B 处，当你认定它是 B 时，它又跳到了 C 处，它不喜欢拘束和束缚，但这绝不意味它没有立场，它的真正立场不是静止不动，而是寻找，寻找边界，因为只有边界才会让它碰撞和伤痛，才会在自舔伤口时生发思想和想象。这带有自虐的意味——有心的道路，必定是自虐和受虐的道路，是强有力的挣脱愿望一次又一次在生命里撞击的道路，可作为一个酷爱艺术的写作者，一次又一次寻找边界感受边界，是不是创作的真正动力所在？感受所有有心的人们如何在一次又一次的束缚和受虐中萌生挣脱的愿望，是不是创作的真正源泉呢？

"对我而言，唯一的旅程，是走在有心的道路上，任何有心的道路上……"这是美国人类学家卡洛斯《巫士唐望的教诲》一书中唐望的话，此刻，它正是我的心声。

第三部分：论坛

历史与文学

——我经验中的历史变化

拿来这个题目，不安了很久，以我的身份和学识，谈历史与文学似有些冒险。我是一个乡村孩子，出生在中国的饥荒年代，而伴随我成长的，又是中国历史文化惨遭破坏的"十年动乱"，可以说成长中书本的教育先天薄弱，也因此我的历史观受到极大局限，看世界的眼光只能拘泥在一方狭小的天地，我所关注的，只能是心灵的历史，日常的历史，心灵和日常之外"冥冥之中"的历史。我所关注的，只能是身边的现实，是无数经由时光穿梭而成的现实。

说起心灵的历史，得追溯到我的童年。我的童年在一个上有奶奶、父母、哥嫂、下有侄子侄女的四世同堂大家庭里度过，我的奶奶从封建社会过来，有着严格的封建家长作风，说一不二。母亲温顺贤惠，从不敢大声说话。我有三个哥哥，我三岁时，大哥就娶了大嫂，之后每隔两年家里娶一个嫂子。在既有奶奶、母亲，又有三个嫂子的大家庭里，我的童年备受压抑。我害怕奶奶的脸色，奶奶爱我，对我并不严厉,但她对母亲严厉,她的脸色常常要影响母亲的脸色;我害怕三个嫂子的脸色,在嫂子们眼里,我也只是个孩子,她们并不管我,可她们的脸色常常也要影响母亲的脸色。而我,每当母亲脸色不好,心情就不好了,心情一不好了,就格外留心奶奶和嫂子们的脸色。我的目光,从没有离开院子以外的世界,父亲在外面干什么,哥哥们在外面干什么,父亲和哥哥之外更远的外面是什么样子,从不关心。我的心匍匐在一方狭小的空间,深入在母亲的心情里,跟随母亲,一会儿高山一会儿大海,没有一刻安宁。

多年以后,我拿起笔开始写作,我的处女作是一篇题为《静坐喜床》的小说。在那篇小说里,我写了一个乡村女子在结婚这天上午的心理活动。她由乡村嫁到小镇,她坐在婆家的喜床上,看着欢喜热闹的人群,看着在热闹的人群里忙碌着的婆婆和新夫,内心一阵阵激荡、慌恐。她不知道未来的一切是什么,但她知道她的命运有了一次与以前不同的全新的开始。我在那篇小说里描述了一个女人复杂的心理瞬间。

那个时候,因为家庭遭遇不幸,我十七岁就被迫辍学。在漫长的播种季节,身心不堪重负,无比劳累和压抑,就在夜晚用日记释放自己,在日记里编织自己的梦想。我的梦想仅仅是离开大田,做一次新嫁娘,做一次小镇人家的新嫁娘。因为在当时,在我青春时期的乡村,女子只有结婚这一天才可以不干活,才可以理直气壮地坐在喜床上,看所有人为她忙碌。那篇小说,摘自我的乡村日记,当这篇日记在后来的日子得以发表,我看到一个乡村青年脱离现实的梦想变成了文字里的历史。看到一个新嫁娘在一个上午的心理瞬间变成了历史。是这时,我才知道,我的童年如何影响了我的创作,那静静流动着的时光在我所不知道的外面谱写着波澜壮阔的大写的历史时,我其实正匍匐在母亲以及身边人的心灵里;我关心的历史,其实只是人的心灵的历史。

多年以后，1999年，我写了一部题为《歇马山庄》的长篇小说，在那部小说里，我同样写了新婚女人，只不过这一次还有她的男人，她的公公、婆婆、小姑子，她的村庄；只不过小说由新婚之夜开始，由新婚之夜的一场大火开始，写了一家人以及和这一家人有关的歇马山庄人一年里的生命故事。一个上午，不管一个新婚女人的梦想和现实之间距离多大，其心情终归是她人生当中最辉煌最高昂的，而不像一年。生活一旦向一年奔去，现实总要现出它原有的模样。当生活在时间的推动下水落石出，现出繁复和琐碎，现出苦难、困惑、迷茫等一应日常的面貌，他们承担和付出的便不仅仅是激荡和慌恐，而是坚韧和忍耐，挣扎和抗争。

如果说心灵的瞬间就是历史，那么这历史便是日常的历史，因为繁复和琐碎在日常中挥之不去。日常，就像一道布满陷阱的壕沟野地，看上去平坦平静，内里却隐藏着无限杀机，可以说是一步一坎儿险象环生。在我童年的生活中，正是隐在日常中那些起彼伏的脸色，搅扰着母亲的心情以及我的心情。在母亲的日常里，心情总是瞬息万变，跌宕起伏；在我的日常里，常常会发生一个人的战争，那战争不是故事，却比故事更惊心动魄；在我和母亲的日常里，心情就像河流中水的形态，它们不断地冲突着，在不断地冲突中涌动奔流着。是它们在我生命中最初的呈现，才有了一个"静坐喜床"的女子在一上午的时间，从心灵里流淌出一条开阔的生命之河；才有了一对新婚夫妇和他们身边的亲人，因为某些突发事件，在一年的时间里，从心灵里流淌出高山大海奇峰异石万丈深渊。实际上，在我这里，所谓历史，就是心灵里河流一样游动着冲突着的物体，或者说，心灵河流一样的游动和冲突，就是历史，就是正在进行着的历史，是日常的历史。

如今，奶奶去世，父亲去世，我也早已因为写作而从乡村走出，来到城里。因为我是母亲唯一的女儿,每一年,都要把母亲从乡下大哥那里接到城里小住。可是在中国的传统意识里,赡养老人只是儿子的事,跟女儿无关,所以每年里,母亲只能在我这儿住上几个月。因为愿意在我这里久住而不能久住,每一次,从接来的那天起,母亲就在一张纸上,用我儿子用短了不再用了的铅笔画上一道记号。她不识字,不会写数字,她的记号是一道粗粗的木棍一样的竖,每过一天都重重地画上一笔,并且在下午三四点钟,当日光在屋子里退去之后,长长地叹着气,自言自语说:这一天就这么过去了,这一天不又过去了?!年轻的时候,怎么就想不到会有这一节……每次听母亲这么说,我都眼窝发热,母亲在我这里的日子是数着天儿过的,她的日子不但在我这里一天天少去,她在这个世上的日子也在一天天少去。望着她静静站在窗前的背影,我无法知道她的内心经历了怎样的激荡。

百年以前,泰坦尼克号船在大西洋海域遭遇冰山,百年之后,一个美国导演将它搬上银幕,用一个爱情故事做主线,演绎了船上人两小时四十分钟面临死亡的恐怖和奋争。我常想,在母亲看到生命尽头的那一刻,在母亲看到了生命尽头却又不能随心所欲地在女儿家居住的那一刻,是不是也经历了船体遇到冰山之后的恐怖与奋争?!

可以说,冰山在生活中无处不在,苦难的时刻,绝不只有暴力和死亡、饥饿和流血。我的童年少年,虽在农村度过,但因父亲经商,叔叔和大爷都在外边读书做事,家境与农家日子颇有不同,没有过度饥饿,没有过过乡下孩子穷困潦倒、很早就为父母分担生活困苦的日子。可是,很小的时候,我就有了忧患意识,我的忧患从奶奶的脸色和嫂子们的脸色出发,走向了无限不确定的方向。一场雨将院墙冲倒,裸露出园子里的菜地,一阵风把草房的苫草掀掉,裸露出黄色的泥巴,或者村中谁家儿女与老人闹分家,邻里之间为一垄地争吵,我都要陷入长久的不安和恐惧。要从这样的不安和恐惧中超拔出来,没有人知道我经历了什么。

那每一次,其实都需付出船体遇到冰山之后所需付出的意志和忍耐。

意志和忍耐,展示的是生命的过程,是心理斗争的过程。在人的意志力里边,在人的忍耐力里边,甚至在人的恐惧和慌乱里边,有一个清晰的彩色胶卷,它珍印着变幻莫测的心路历程,就像《泰坦尼克号》电影里展示的,轮船遇难那一刻,船上人们各不相同的行为镜头、心路历程。它们在外在的气质上,远没有冰山沉船那么惊心动魄,可在内里,一点都不比冰山沉船的场景逊色。它们不是大写的历史,却是人的生命的历史,是人性的历史,因为人总有坚持不住了的时候,忍耐不到彼岸了的时候,在那样的特殊关头,人性丑陋的部分虚弱的部分会得到充分的暴露和展现,而正是人性的丑陋、虚弱甚或美丽,结构着事物的转机,改变着大写的历史。

转机改变着历史,历史在转机中得以发展、延续。一个决策者的瞬间心里波动可以使事物发生突变,而事物的突变,又会导致身处事物之中的人们心理的波动。一百年前,那个泰坦尼克号船长如果不是过于信赖船体的坚固,就不会忽视警报,让船遭遇冰山;如果船不遭遇冰山,船上的人们就没有面临死亡的挣扎,他们的生命就该是另一种样子。然而,造成一个人生命的转机,除了一切内在外在因素,还有一个重要因素,那便是"冥冥之中"。

冥冥之中,它是深藏在心灵之外、日常之外的又一个历史,是第三维度的历史。在我生长的那个乡村,神秘无所不在,如影随形。一个日子过得蒸蒸日上的家庭,毫无缘由就会遭遇一场大火,一夜之间,一家人的幸福生活就被烧成满目焦土,而这个纵火者并非蓄谋,仅仅是突发奇想的发泄。一切事物的发展变化,似乎都在一个神秘的时刻悄悄酿成,或者说都在一个悄悄的时刻神秘地酿成。一片树叶从树上掉下来，它不知道它会落到哪里去，一场疾雨，一阵流风，都会改变它的行程。可是又是谁扮演了疾雨和流风？如果疾雨和流风在那样的时刻改变影响了树叶的行程，那么有没有另外一种东西改变影响着疾雨和流风的行程？！

　　在我刚刚开始写作的时候，从没用心想过历史这个词跟文学的关系，我在初中以前的课本中读到的那一点历史，也从没在我的脱离现实的梦想中扮演过角色。二十岁之后，我自修了大学中文系课程，粗略了解了中国灿烂的民族文化，波澜壮阔的大写的历史，在这大写的历史里边，一代代文人豪杰留下了卷帙浩繁的不朽典籍，我因此而沮丧又自卑。因为就是这时，我知道那些被后人写到典籍里的中国历史在我童年少年时期严重缺课，更不用说世界历史。我发誓为自己痛饮恶补，希望自己成为满腹经纶的学者、作家。可是其结果令我更加沮丧和自卑，我根本进不去。那些大写的历史知识一经在书本里出现，就变成了蚊蝇一样的物体在我眼前飞动，我的身体里，好像有一道屏障，天然排斥着它们进入，它不但排斥它们进入，还不时地把我的心思牵引到别的地方——屋檐下的鸟去了哪里？母亲苞米地里的草有没有拔完？身边的现实，总能成为我躲避历史阅读的避难所。

　　我这个长期营养不良的写作者，就这样满怀着对大写历史的敬畏而被大写的历史残酷拒弃，到后来，我已经不仅仅是沮丧和自卑，而是痛苦，就像患有先天小儿麻痹的患者眼看着健康人欢快地上天入地。然而，是不是正因为先天不足，才使我对"身边的现实"格外地专注呢，是不是正因为我的先天不足，才使我在逃避书本里大写的历史之后更容易陷入身边人心灵的历史呢？如果是，那么这算不算大写的历史对我的推动和恩赐呢？

　　不得而知。

街与道的宗教 | 185

所谓身边的现实，其实也是由时间流转做成的现实，时间转瞬即逝，过去了就成为历史。只不过它们不在典籍里，而在我出生成长的这片土地上，在我触手可及的生活中。我的老家地处黄海北岸，是中国北方一个地图上看不到的村庄，我老家的村庄离小镇只有十里路，而距我家只有十里路的小镇是一个有着一千多年历史的古镇，叫青堆子。我的老家因为地处黄海北岸，很早就与朝鲜、上海、烟台等外面世界有着贸易往来，大量的粮食、土特产、日用品在这里输进输出，使这里的商业自十七世纪起就开始繁荣，使这里很早就注入了外来文明。镇内建有教堂、剧院、妓院、税捐局、商会和学校，商店比比皆是。我现实中的乡村，因为很早就有着开放的气象，祖辈们只信奉外边，凡是外边来的，就是好的，凡是外边的，就是正确的，从不固守什么，似乎外边，就是他们心中的宗教。我的父亲曾是乡村商人，他十几岁开始就用自行车载大布和过膝袜子在黄海北岸的城市和小镇做买卖，所以，过膝袜子这个外来的事物给母亲带来的痛苦，在我童年里留下了难忘的印象。因为我的婶子和大娘都是小镇女人，而母亲是乡村女人，奶奶从不把过膝袜子分给母亲。问题是，奶奶不分给母亲，父亲也认为天经地义，也认为只有和外面通着的小镇女人才享有穿过膝袜子的权利。于是，一直都没有穿上过膝袜子的母亲向我讲述她的委屈的夜晚，穿在四婶腿上的过膝袜子就电影一样晃在我的眼前。

这就是我所生活的乡村的现实，它既是现实，又是历史，它是历史，却不是书本里的历史，它经历了时间的穿梭、过滤和积淀，而成了我身边的现实。如果没有小镇曾经的开放、繁荣，就没有我祖辈和故乡人崇尚"外边"的性格特征，而如果没有小镇这一特殊地域积淀在这一带人身上的性格特征，就没有我后来的创作。它从祖辈父辈的血液流淌到我的血液，是我源远流长的历史，它从一代代故乡人身上流淌到如今，是我身边无所不在的现实。

然而，这个现实，并不是一成不变的，母亲想拥有一双过膝袜子的梦想，在我青春时期的上世纪八十年代，已经不复存在。改革开放将城乡的围城打开，城里的物资大量流向乡村，乡村人大量涌到城里，陈腐的观念再也阻挡不住一双便宜的过膝袜子。同样，因为改革开放，城乡的围城打开，做小镇女人再也不是我的梦想，几乎所有乡村女子的梦都伸到了小镇外面的大城市里，到上世纪九十年代，它已经不是梦，而是唾手可得的现实。问题可能就发生在这里，当小镇再也无法寄托乡下人的梦想，它便一天天荒凉下来，寂寞下来，当它一天天荒凉和寂寞，像一个遭人厌恶的孩子被丢在时代的一隅，我故乡的土地也随之荒凉下来，寂寞下来，乡村的世界，几乎就是女人们及老弱病残者的世界，因为强壮的男人青春的女子纷纷进了城，到城里见世面挣大钱去了。

凡是外面来的，都是好的，凡是外面的，都是正确的，在这一点上，如今的乡村和父辈所生活的乡村没什么两样，可经历时光的推移，时代的变迁，有一个情景发生了变化：在父亲时代，外面的东西再好，只搅动人的心情，从来伤害不了人们对土地的感情，土地作为乡下人的家园，是结实而牢固的。而现在，那外面的好，不但搅动了乡下人的心情，还伤害了人们对于土地的感情，当在城里打工一年的工钱超过了好几年种地的收入，那由土地做成的家园便怎么都无法存在了。

乡下人纷纷涌到城市，可是城市并没成为他们心灵栖息的家园，城市在接纳他们廉价劳动力的同时，排斥着他们身心的需求，当他们肉身在城乡之间往返，他们的心灵，只有在城乡之间流浪。

我所经验的现实，是我身边的乡下人，和世界上所有人一样，一直在冲突中寻找跟这个世界关系的入口。他们还在乡下时，还是一棵散漫的野草时，以为他们的生活在外面，在那个文明的、秩序的、在他们看来与国家这个强大肌体的主流血管水乳交融的外面；或者以为，他们只要进入那个文明的、秩序的世界，他们的生活就能得到改变，如我的大娘和四婶，可以理直气壮拥有一双过膝袜子。而现实是，那个文明和秩序的世界并不像想象那样，它排斥散漫，即使有朝一日，他们通过几代人的努力，拥有了过膝袜子，进入了秩序的世界，进入了国家的主流血管，又会发现：那个散漫的野草的生活，原来是最自然最自由的生活，是文明、秩序的世界的"外面"，是人和这个世界关系的最好入口。然而问题的关键在于，他们和世界上所有人一样，根本没有回头之路，即使他们的肉身回头，他们的精神也无法回头，他们必须在现有的状态下寻找新的入口。

这是一个巨大的悲剧，悲就悲在，他们即使一代代寻找下去，也找不到和这世界关系真正的入口，因为那入口一经找到，就又跳到了远处。而这又是一个巨大的喜剧，喜就喜在，他们总是能够远远地望到入口，于是他们只有一代又一代寻找下去，他们的精神，只有在寻找中获得安宁。

我所经验的现实，是城市文明的不断发展、变化，给乡下人带来了无穷尽的梦想与现实之间的困扰、困惑。实际上，梦想与现实，既是乡下人的困惑，也是城里人的困惑，它其实是人类共同面临的精神困境。不断地在人的精神困境中探索生存的奥秘、人性的奥秘，揭示人性困惑和迷茫的历史，是我创作永远的动力所在。

（在第一届中日韩文学论坛上的演讲）
2008年4月22日于大连

在街与道的远方

——乡土文学的发展

今天论坛的题目是"乡土文学的发展",这个题目很大,没有边界,依我的身份和学识,要说透它显然没有可能。在中国,乡土文学这个提法,最早始于鲁迅。所谓乡土,指的是乡村和土地,是生活在乡村和土地上的人们。在现代中国,乡村有封闭的意思,作为与文明世界对立的一面,它们的基本形态是凝固不动、愚昧落后的,土地是诗意的空间,它们与星月河流草丛树木厮守,与苍茫的天际寂寥的原野呼应,它们的基本格调是纯朴憨拙、深沉浪漫的。一个村落,十几户几十户人家,人们依托土地生死相守世代繁衍,庄稼的长势养育着他们的理想,季节的变幻滋生着他们的希望,现代中国乡土文学的精神内核,大多表现为对愚昧落后的乡村中麻木心灵的关照和揭示,比如鲁迅的作品,表现为对人在土地上忍耐、挣扎中乐观精神的诗意表达,比如沈从文、张炜的作品,表现为对人在苦熬中生成的坚强意志的塑造,比如莫言的作品,表现为对人在苦熬中对外面世界向往的抒写，比如铁凝的作品，表现为人在不断地苦熬、挣扎和抗争中形成的独特的民风民俗、道德伦理、宗法制度、价值观人生观。

我就是一个从乡村和土地走出来的写作者。我的出生地是中国北方一个在地图上看不到的小小的村庄，这个地处黄海北岸的小小村庄，有三十几户人家，分前街、后街、东山街、粉房街。街上人家，每一户都有自己的院子、耳房、泥墙和草垛，每一户都有自己的鸡窝、鸭窝、猪圈和畜棚，它们围绕着作为主体的房子，就成了所谓的家。我出生的那个村庄，前边有一片大田，大田中央有两道河流，后边有一片起伏的山谷，山谷当中，有一条窄窄的通着邻村、通着海边小镇的乡道，那乡道在小镇上与国道相遇，便通向县城和县城外面更遥远的世界。我的有关故乡故土的故事，也就在这门里门外，院里院外，田间地头，村里村外发生和流转。母亲一不小心把别人家的鸭子圈进自家鸭窝里，被那丢鸭子的人家第二天发现，一场有关鸭子的战争就在院外的街道上爆发。那丢鸭子的人家，本该想到是母亲赶错了，可我的哥哥曾在河套玩耍时被他家儿子不小心弄伤过脸，有意报复的嫌疑就成了战争的焦点。问题是，认为报复，对方却绝不说出来，只一口咬定母亲偷了鸭子，因为只有这个"偷"字才能真正报复母亲，可结果是，乡村太寂寞了，终于有了一场战争，街上围满了乡亲，母亲丢不起这个脸，便只有一边辩解一边宣言：老天在上，俺要是有意偷鸭子，叫俺秋天地里颗粒无收。

要不是生活太贫瘠，一只鸭子有可能成为一家人的经济、精神支柱，要不是村庄太封闭，谁弄伤了谁这样的小事还会被清楚地记着，要不是日子太清冷寂寞，两家人吵嘴会被喧染成满街风雨，母亲就说不出那样的话，而那样话的代价，是母亲需要用一夜夜的苦熬来等待土地里的收成。

再比如父亲，在我童年的记忆里，父亲最盼望的事情是晚饭后有哨声，只要有哨声，就证明生产队要开大会，那时正是中国的"文革"，开会的内容是学习毛泽东思想。我曾在父亲怀里感受过无数次那样的会，全村的人都聚在一起，在一盏马蹄灯下听一个人读报纸、听上边的人在喇叭里讲话。为此，每到晚上，我都跑到房屋后的小道上，伸长了耳朵等待哨声响起，只要哨声响起，就疯了一样向父亲跑去。父亲愿意开会，是村里尽人皆知的事，父亲听了会，第二天一定要到不开会的女人们那里讲，那和母亲一样不识字也没走出村庄的女人们，心里装着的是过日子的细枝末节，根本不听，一见到父亲老远就躲起来。为了吸引听众，父亲往往见了女人先说人家好话，夸人家性格多好，不像媳妇野泼。可隔墙有耳，人家的媳妇就在门口草垛边，于是一场战争也就在所难免了。虽然结果总是母亲出面，以对父亲的谩骂宣告结束，可父亲的伤痕深深结在我的心里。因为此后的父亲多天都躲在山上的大田，在那里一待就是一天。

如果不是乡村的街道从山谷里通着外面，如果不是它通着外面却还依然改变不了封闭的气象，父亲绝不会引来一场无谓的战争。乡村没有大事，一只鸭子，一句话，一个会，就是大事。因为天高地远，日月漫长，因为人居散落，孤独寂寞，也因为物资短缺，精神匮乏，一只鸭子、一句话或一个会就是乡下人们精神中的形而上，因为正是它们，生成了乡下人在日子中的坚强和意志，正是它们，铸就了乡下人过日子的勇气和信念。

多年之后，我读到过美国作家福克纳的小说，在《献给艾米莉的一朵玫瑰花》里，一个建筑公司里的黑人工头，打开杰弗生小镇上艾米莉小姐家的家门不久，就唤醒了一直生活在过去时代的女子的生命，逢到礼拜天下午，村人看到她和黑人工头一齐驾着轻便马车出游，以至促成了这个女人的悲剧结局。我读到了英国作家托马斯·哈代的小说，在《德伯家的苔丝》里，苔丝只是一个农村姑娘，若不是家庭的贫穷和社会的歧视，她原可以跟别的农村姑娘一样，平平安安过一辈子纯朴的劳动生活，可多嘴的牧师从外面带来了有关她的贵族家庭历史的消息，让她的父亲多喝了几杯，不能按时到卡斯特桥送货，只有苔丝带弟弟去，才闯下大祸，从此开始了她命运的悲剧。我还读到了意大利作家卡尔洛·斯戈隆的小说，在《阿纳泰的贝壳》里，有一个叫阿纳泰的老人，因为热爱自由落草为寇，被判三十年苦役，在那个荒凉的西伯利亚小木屋里，他用一只贝壳团结了一群在布满死亡陷阱中修铁路的民工。那只贝壳从一个印度人手里传到了西藏人手里，又从西藏人手里传到蒙古人手里，最后传到阿纳泰手里，这些贝壳的拥有者，除第一个以外，没有任何人见到过大海，于是在那个与世隔绝的小村庄里，大家凭一种对外面世界的想象来从贝壳中汲取活下去的力量。

现在，一个世纪过去，在美国，在英国，在意大利，乡土有了怎样的改变，一句传言还能不能搅起一场命运旋风，靠着一种对外面世界的想象是否还能很好地活下去，我无法知道。我只知道，在我能够自觉地书写我的乡土的时候，在我那来自封闭世界的母亲的故事，父亲的故事，以及与他们有关的那个院子、那个街道、那个村庄、那个山谷小道，在我的笔下伸展开来的时候，人跟土地的关系一直是结实的、牢固的。土地一直是乡下人不曾改变的物质家园和精神家园。母亲用以向邻居证明的是地里的收成，父亲用以疗伤的是辽阔的大田。母亲指望的那一年的收成也许并不是很好，可正因为如此，她的憧憬才有了悲剧的意味，父亲在大田里获得了什么我无法知道，可正因为不知道，对那个世界的猜想和想象才有了诗意的色彩。

然而这一切，到了上世纪八十年代，发生了翻天覆地的变化。上世纪八十年代，这是一个振聋发聩的时间点，这一刻，我们身边的现实开始了必然的却是意想不到的断裂，因为这时，中国经历了举世瞩目的改革开放。国门向全世界打开,城乡之间的围城打开,城里的大量物资信息涌到乡下,电视普及,国家的事儿世界的事儿如同身边的事儿,封闭的乡村不再封闭,一个在城里饭店当小姐的女子烫着卷发走回村庄,令一个一直固守传统的母亲一夜无眠之后会做出完全违背自己的选择;一个强壮男人进城打工挣回了超过种粮十倍的工钱,那些一直留守土地的农民便不得不抛妻舍子背井离乡。外面的风势不可挡地贯彻进来,它们通过电视、手机和电话,通过出去念书的学生,出去打工的民工,吹拂在大街小巷每一个屋门口草垛空,掀动了田间地头每一棵野草和庄稼,那古老村庄固有的民风民俗,道德伦理,宗法制度,价值观人生观便在劫难逃受到冲击。这冲击首先是:一只鸭子夜里去了哪里根本不会有人在意,因为他们的眼球早就被别人家烫了头从城里回来的女子吸引;要不要把开会听来的事情告诉女人们已不再要紧,因为来自上边和外面的声音早就在电视上如雷贯耳。而如果像母亲那样真的因为一只鸭子受到冤枉,她指望证明的绝不是地里的收成,而是儿子或女儿从城里挣回多少钱。如果像父亲那样因为急于传播而遭到母亲谩骂,也绝不会去身边的大田,而是一气之下背井离乡。

乡下人纷纷涌到城市,土地一天天荒芜下来,乡村一日日寂寞下来,千百年来坚不可摧的乡下人对土地的感情开始动摇并迅速淡漠,土地作为乡下人的精神、物质家园已经不复存在,这就是今天中国的社会现实。乡土社会向城市的转型,使乡土文学的精神内核发生了质的裂变。这裂变是,苦熬、挣扎和忍耐再也不是跟土地紧密相连的事情,土地,不过是人们远离它之后一丝遥远的牵挂和思念,而新的苦熬、挣扎和忍耐表现为:乡下人纷纷涌到城市,城市并没成为他们心灵栖息的家园,城市在接纳他们廉价劳动力的同时,排斥着他们身心的需求,当他们肉身在城乡之间往返,他们的心灵,只有在城乡之间流浪。而他们背后土地上的女人、老人和孩子,则因为长期的分离而再也找不到厮守的快乐。

在"全球化"浪潮袭击下,中国的乡土社会发生了深刻的变化和转型,如果说传统的乡村生活是人和土地的坚守,是家庭宗族的厮守,那么现在的乡村生活则是人对土地的背叛,是家庭宗族的溃散。在乡村几乎成了"空巢",源源不断的"民工"潮改变着城乡格局的现实中,乡土文学的格局也在发生变化,如何既顺应变化,关注这变化中的主体——人,又要守住独属于"本乡本土"的灵魂,是我和我同时代中国作家共同面临的考验。在我看来,世界发生变化,文学必须做出相应的反应,而不管世界如何变化,作为文学,有一点必须坚守,那就是对人的精神困境的探索,对人的生存奥秘、人性奥秘的探索,因为揭示人性困惑和迷茫的历史,是作家永远的职责。

(在第一届中美文学论坛上的演讲)

2009年9月26日

让自由心灵穿越疆界

去年夏天和今年夏天,我在我的老家护理母亲。她 1918 年生人,今年已经 97 岁,她一辈子没有住过医院,没有得过重大疾病,身心却在岁月中不知不觉衰竭。她身心衰竭的最明显征兆,是某个早上醒来,不能直着腰板走路,不认识家人。她一辈子生了十个孩子,只活了四个,我是最小的一个,是她唯一的女儿,她却常常看着我,叫不出我的名字。更多的时候,她不愿意吃饭,不愿意说话,可偶尔,又能正常地吃上两口,偶尔,又能对着窗外慢条斯理和家人说上一通。母亲对着的窗外,是黄海北岸的一条国道,她能清楚看到窗外川流不息的车流,马路对面的羊汤馆、超市、猪肉庄以及在这里歇脚的人们。母亲对着窗外说话,主要是因为这些人们。在她眼中,这些人们不是我们看到的来小镇进行买卖交易的乡下过客,而是她早已去世的父亲、弟弟,是我已经去世了的父亲、姐姐。她常常眼睛看着来猪肉庄买肉的人,愁苦地对我说:"他们为什么不来看我,他们在那停一会就走了,为什么不来领我走呵,我太苦了,我爹爹叫于天平,他怎么能把我扔在这就不管了？"说着说着就哭泣起来。很显然，母亲的记忆已经回到过去，她的思维已经被强大的过去占领。可是我这么说，大嫂坚决反对，大嫂说，母亲现在是半仙半人，她已经走在去往那个世界的路上，所以看到的都是那个世界的人。大嫂之所以这么说，是因为她的妹妹是大仙儿（巫师），就住在大嫂隔壁，大嫂和大哥携母亲从乡下搬到小镇后，也帮她搬过来，大嫂传达的，是她妹妹对母亲这一生命现象的解释。我多年来告别乡村，自以为已经从愚昧落后的意识中脱身，可不知为什么，面对大嫂的说法，我由将信将疑到坚信不疑，因为当母亲说到"我这么苦他们为什么不把我接走"时，她哭得特别伤心。要知道，母亲已经好多年不曾哭过，尤其晚年，她的脸上从来都挂着慈祥的微笑，似乎除了知足，已经没有了别的感情，我的一个侄子前年心脏病猝死，告诉她后她平静泰然，好像什么事情都不曾发生。

相信母亲已经看到了另一个世界，在陪护她的日子里，我便每天都和她一样朝窗外看，去想象那些穿梭在超市和肉庄的乡下人哪个是我的外祖父和我的舅舅，哪个是我的父亲和我的姐姐，外祖父、舅舅和父亲我都有记忆，六岁就离世的姐姐却未曾谋面，正是因为她的离去，母亲才又生了我。因而，凡是大高个的男人，我都觉得就是我父亲，凡是小矮个的老头，我都觉得就是我外祖父，凡是细瘦腰身的青年我都觉得是我的舅舅，凡是牵着大人手的胖女孩，我都觉得是我的姐姐——据母亲讲，姐姐胖胖的，漂亮又可爱。如此一来，我走进了一个魔幻世界，我看到母亲那些亲人对母亲的冷漠，他们相互窃窃私语，却总也不理母亲，他们有的钻到超市屋子里很长时间也不出来，有的行色匆匆，进去就出来了，可是连头都不抬。尤其那些可爱的胖女孩，她们被父母从摩托车上抱下来，在肉庄门口待不上几分钟，就又被抱上摩托车突突突载走了。于是，在体会了母亲痛苦的同时，我获得了另一个现实，那个现实也曾是墨西哥魔幻现实主义先驱——胡安·鲁尔福曾经获得的现实：一个死去的土霸王的儿子在回到故乡的日子里，听到已故母亲的话语，听到那些难入天堂的冤魂对他父亲巧取豪夺无恶不作的控诉。只不过，胡安·鲁尔福的现实，是他创造在小说里已经获得了不朽的现实，我的现实，是我在母亲的话语驱动下，刚刚亲历的现实。在这个夏天，在故乡母亲的床头，我望着窗外，从扬长而去的外祖父、舅舅和姐姐的冷漠身影中，真实地看到了母亲的亲人们对他们所处时代的控诉。我的外祖父是中国的乡村地主，他虽没有无恶不作，可因为抢占别人的女人，气死了外祖母，最后在中国的"文革"中被活活打死；我的舅舅因参加发生在中国战场上的抗日战争，战死沙场，离家时只有十七岁；我的姐姐出生在新中国成立后的五十年代，却因吞了一个小小的鞋扣，在落后的乡村无法医治而活活送命。

很早就读过拉美作家胡安·鲁尔福的小说，他写尽了乡村的贫困、落后、愚昧和农民所遭受的阶级压迫，他用夸张、荒诞手法描写的墨西哥乡村世界，距今至少有70年的距离，可在这个夏天之前，在我的目光随母亲一起望向窗外之后，我从未像现在这样了解到，经历了改革开放三十年的今日中国乡村，和胡安·鲁尔福所生活的墨西哥乡村竟如此之近，看似荒诞的墨西哥现实竟依然是中国文学里无法忽略的现实，因为为了尊严，就连死后灵魂得不到超度，成为冤魂在荒野喊叫的文化传统都惊人地相似。我的家人就告诉过我，我姐姐的尸体因焚烧于荒野，灵魂多年来不断地在家族中闹事，直到有一天大嫂在她妹妹的屋子为她设了灵堂，把她供起来才从此安宁。而我去世的侄子，为了带走生前最体面的一套衣裳，不惜抓住一个生病的堂兄附体。

一个是中国黄海北部叫青堆子的小镇，一个是墨西哥哈利斯科州叫萨约拉的村镇，我们所处的疆界隔洋隔海，语言不通，地域不同，人性的痛苦、悲伤、绝望、困顿和迷茫没有差异，生命在尊严与屈辱、理想与现实之间的挣扎也没有区别，因为当我看到母亲一辈子默默承受着不断伺机而入的痛苦从不言说,只在最后的时光望着猪肉店,说"我太苦了他们为什么不来领我走"时,我想到了法国作家帕斯卡·莱内的《花边女工》里那个乡村女子菠默,和她一辈子逆来顺受的母亲。在40多年前的法国北方乡村,一对终日坐在国道边的母亲和女儿,因为渴望外面世界,共同遭遇了命运的不公,可她们从不粗暴地面对这个世界,她们沉默、腼腆、可怜、彬彬有礼,她们嘴角始终挂着一丝慈母般的温存微笑,就像母亲在晚年时光里的微笑,她们的心田又始终被陌生而遥远的异乡束缚,就像母亲终日希望她的父亲带她上路,只是我不知道,那束缚母亲的异乡,或者说她内心渴望的异乡,到底是她童年生活过的地方,还是童年时的梦想,抑或是生命最终去往的天堂?

今日文学所面对的生活,差异越来越小,通过作品的翻译和交流,疆域的隔阂越来越模糊,但这并不是我想说的,我想说的是,无论是过去还是现在,真正使文学发挥作用,让异域的人们共鸣的,绝不是全球化道路上日益融合和趋同的文化和传统,而是那个人类共同面对的异乡,它或许是童年生活过的场所,或许是终老时要去往的地方,但不管是什么,它都通向一个出口——自由。它根植在每个人的心中,却是人类生活的彼岸,是人类永远的梦想。只有它,无论我们的地域文化多么封闭,我们生活的习惯多么根深蒂固,都能打通并穿越。通过它,我在我故乡的青堆子小镇,能够感受到墨西哥叫萨约拉村镇上那些受霸主压迫的人们的痛苦,感受到法国北部乡村小镇一对母女的忍耐和痛苦;通过它,我还能感受到卡夫卡《变形记》里的格里高尔一夜之后变成甲虫后的惊慌、焦虑和绝望,感受到茨威格《一个陌生女人来信》里那个陌生女人在生命最后时刻饱蘸痴情写下的对一个作家深沉的爱与奉献。最最重要的是,通过它,我看到了一个个超越地域疆界的自由灵魂。

书写自由灵魂，对所处的时代和人的精神处境保持永远的敏感，是跨越地域疆界的唯一通道，然而这对当今任何一个作家都并非易事，它涉及到写作者内心的疆界。对于今日写作，如何在打开心灵疆界，在接受那些变化了的事物时守住内心不变的东西非常重要。全球化时代，互联网改变着人们的生活场域，喧嚣的噪声和珍稀的声音往往存在于同一角落，各种欲望的干扰、诱惑驱之不去，体制、秩序和程序的限制无处不在，躲到世界一隅保持灵魂的清洁或许并不难，难的是既要参与到泥沙俱下的洪流中去，又能从泥沙俱下的洪流中超拔而出。这是一个自由的悖论，因为只有自觉地让自由的身心不那么自由，让心灵突破疆界经受时代碾压，文学的灵魂才会获得真正的解放，如果相反，就如同把车开到荒无人烟的原野，没有疆界的约束，没有碰撞，最终不但洞察力丧失，对人类苦难的敏感神经也将越来越麻木，从而再也看不到存在的真相。洞察社会，关注人类苦难，是文学创作没有捷径的捷径！

（在第三届中法文学论坛的演讲）

2014 年 7 月 6 日于中国黄海北岸母亲家中

写作中文　异域文学

尊敬的女士们、先生们:

大家好!

有机会能够在法国这个有着伟大文学传统的国家与同行交流文学,十分荣幸。在进入今天的主题之前,想在这里讲一个故事。2011年,我应大连医科大学心理学系朋友邀请,参加农村自杀死亡者和自杀者遗族的调查,在那次调查中,我遇到了这样的故事:一个叫姜立修的乡村男人,因为发现老婆跟堂兄有外遇,喝农药自杀。姜立修的老婆,是他在城里打工认识的酒吧女,他告诉对方他在乡下有房子有地,厌倦了漂泊生活的酒吧女便领着她七岁的女儿跟他回到乡下。可事实是,他应得的一间房屋和六分土地因为哥哥赡养父母被哥哥占有,当他不得不借堂哥房子,在堂哥家里结婚,没出半年,老婆就和堂哥相爱。堂哥是一个乡村木匠,有手艺,人实在,踏实又能干,虽然家里有个信了邪教、根本不知过日子的老婆,可谁也不相信会因他酿成悲剧。这个悲剧的可悲之处在于,姜立修喝下农药,先后在小镇、县城抢救十五天，眼见好转，却因拿不出医药费停止治疗转瞬恶化；而住院期间陪护在他身边的，没有别人，只有背叛了他的老婆；他抢救无效，必须回家，可他濒临死亡，他的哥哥不接受，堂哥也不接受。堂哥是客观上制造悲剧的罪魁祸首，在村里人集体抗议下，不得不接受，悲剧便进一步上演：咫尺小屋，三个人，一个是直到生命最后一刻都无法逃脱妒火的可怜男人，一个是被爱和罪恶共同煎熬的可怜女人，一个是在亲情和爱情双重压迫下已经失去道德选择的又一个可怜男人。谁都无法知道，这咫尺屋檐下的最后时光到底发生了什么，我们能知道的真实情节是：姜立修在家里又活了七天，这七天里，他不甘死亡，一次次从炕头上突然爬起，就是难以咽气；为了让他早些告别痛苦，为了让自己早些脱离恐惧，两个罪恶之人居然把姜立修腿脚捆绑起来，到最后，不得不求助村里老书记，用传说中辟邪的铧铁压向心脏，直至断气。谁都以为，姜立修死后，两个罪恶之人会从此分开，可事实是，刚满七天，他们就正式结婚。自从结婚，女人再也没走出院门，但每逢周五，男人都雷打不动地用摩托车载着女人穿过村庄到外面去，他们去了哪里，没人知道。

两年前，遇到这个故事，给我的写作带来极大挑战，三个痛苦灵魂在最后时光究竟经历了什么，姜立修为什么一次又一次爬起？两个罪恶之人为什么不出七天就能结婚？他们忏悔过吗？他们的灵魂经历了怎样的深渊和觉醒？我童年在上有奶奶、父母、哥嫂的乡村大家庭里长大，因为我是母亲唯一的女儿，母亲从不让我离开她的左右，很小的时候，我就习惯在大家庭里察言观色，只要母亲心情不好了，我的心情就不好了，我的心匍匐在一方狭小的空间，从不关心外面的事情。受童年生活影响，描写日常，描写日常生活瞬间的历史，一直是我的最爱，可在此之前，我从未触碰过"忏悔""救赎""灵魂觉醒"这样的精神存在。

事实上，两年前的乡村自杀调查，我遇到了太多这样的故事，我由此不得不重新翻开两部世界名著，卢梭的《忏悔录》和托尔斯泰的《复活》。它们在我的书架上尘封已久，第一次阅读，还是上世纪八十年代末，那时我已经因为写作从乡村走出，在文化馆院内光线暗淡的宿舍小屋，翻开卢梭的《忏悔录》，我激动不已。我激动，不过是喜欢他那连篇累牍洋洋洒洒的倾述，他那诉说自己时的澎湃激情，他开篇不久就告诉读者，上天赋予他父母的种种品德中，他们遗留给他的"只有一颗多情的心"。这颗多情的心是他一生不幸的根源，同时也成就了一个伟大作家。"一颗多情的心"，这种表达多么让人不安，我很小时就有了一颗多情的心，关注身边任何一个人的眼色！事实证明，我当时激动，跟忏悔无关，跟卢梭一生遭遇的苦难无关，只跟那句话有关。那句话在激励了我写作野心的同时，让我囫囵吞枣吞下了一部皇皇巨著，从此把它放在书房一隅。和读《忏悔录》不同，《复活》没有让我激动，读它反而感到自卑、着急、困惑，《复活》的故事太浩繁复杂，让人望尘莫及，那里也有跌宕起伏的心情，可那心情包裹着太厚的外部历史，我当时正值青春期，我读它，奔着的是爱情故事，国家、社会、政治、宗教，我不感兴趣，当然最重要的是，因为对宗教一无所知，那使聂赫留朵夫由兽性的人变成精神的人的力量我无从感知。他既然发现自己爱玛丝洛洼，去为她奔走伸冤，陪她去西伯利亚流放，为什么还认为自己是在为她牺牲？既然玛丝洛娃在最后时刻终于爱上聂赫留朵夫，她为什么又弃他而去嫁给西蒙松？因为我对许多情节都不能理解，我便对这部伟大作品的真实性产生怀疑，于是也就悄悄把它放到书房一隅。

然而现在，当我遇到那个故事，重新打开两部著作，我获得的感受完全不同。卢梭吸引我的，再也不是多情的心，而是由多情的心做底的，他把"个人真实面目赤裸裸地揭露在世人面前"的忏悔。当"忏悔"这个词再次出现在我眼前,我的心莫名其妙地怦怦直跳,仿佛那是一个隐秘的跟我个人有关的世界,仿佛那个可怕的改变一切的力量正在那等待着我。而我阅读的全部动力,都来自于对这神奇力量的好奇和渴望,也正是因此,"恶意中伤""恐惧""残疾""连绵的天灾"这些描绘具体情景的词便不再是词,而是一块块沉重的石头,它在将我一次又一次压向深渊的同时,让我一次又一次看到灵魂的真实影像。神奇的力量并不来自于上升而来自于下沉,来自于你在下沉中看到的痛苦、绝望和罪恶,这一点对我特别重要。同样,当我再一次打开托翁的《复活》,我再也没有了自卑,这并不是说我在二十多年之后也能编织浩繁的故事,也不是随着年龄增长,对包裹在爱情故事之外的国家、社会、政治和宗教生出兴趣,而是当我懂得关注"救赎"这个精神存在,我不自觉地就走进了发生"灵魂的扫除"这类心理活动的微妙瞬间,我因此不但不再着急,却宁愿把心深扎到托翁笔下博大深广的人性世界。虽然我对宗教依然一知半解,可当某一天,聂赫留朵夫瞧着被月光照亮的花园和房顶,瞧着杨树的阴影,吸进清爽新鲜的空气,情不自禁欢呼"多么好哇!"我对他灵魂所起的变化深信不疑。当某一天,聂赫留朵夫面对玛丝洛娃和医生恋爱的传闻,克制了厌恶之情之后,心里产生了单纯的怜惜和感动,我对这样的情感心领神会。同样,当某一天,深爱着聂赫留朵夫的玛丝洛娃在听到对方愿意跟她结婚的表白后,"脸上流露出古怪的、斜睨的目光和凄凉的笑容",我深深懂得这艰难选择背后的救赎意味。

到底发生了什么?同样还是我,为什么我的阅读感受会有如此改变,难道仅仅因为阅读态度有了改变?可我的阅读态度为什么会有改变?难道仅仅因为我从昔日的二十几岁长到如今的五十几岁?可如果风调雨顺,十年和二十年,又有多大区别?经历,我想说的,只有经历,它和年龄无关,和深度的生命体验有关,和你是否在极端境遇下体会过灵魂的觉醒和站立有关。如果说伟大的作品是一条浩瀚的河流，那么你携什么样的生命体踏入河流，就有什么样的风景呈现。也就是说，两年前，我之所以能走进那些灾难的故事，绝不是偶然所为，我之所以能够因故事重返两条伟大河流，绝对是个体生命的隐秘需求。因此，再度推开关闭着三个人的小屋，我看到的情景是这样的：深受毒药折磨的姜立修一次次从末日里爬起，绝不是为了声讨和恐吓，他只是想告诉他们，他不想死，只要让他不死，他会远走高飞，让他们永远在一起。而经历了与死亡、恐惧的殊死搏斗，承受了道德良知折磨与重压的罪恶之人，之所以打发了死者不到七天就办理结婚，是他们发现，分开才是对罪恶的逃避。首先，他们需要给孩子们一个完整的家；其次，他们需要每一天都能接受罪恶的审判，从而使灵魂得到清洗。为此，他们虽然住在同一屋檐下，人却再也没有走到一起。他们每逢周五出村，是去了离村庄十几里外的一个教堂。如今，基督教堂已经遍布中国乡村。

当然，我深知，不管因为什么原因打开这扇门，我们都永远不能穷尽人性的可能，就像不管因为什么原因重返伟大河流，我们都永远不能穷尽河流两岸迷人的风景。在人性面前，在人类伟大的巨著面前，我们需要穷尽一生的努力。

谢谢大家！

（第三届中法文学论坛的演讲）

2014年8月28日

我身边人的救赎

非常高兴参加今天的文学论坛。我才疏学浅,又先天营养不良,面对论坛的诸多论题,忐忑又惶恐。作为写作者,需要长期执着于事物内部,执着于直觉,可我又深知,站到事物外部,用理性思维关照现实,也是一个优秀写作者不可或缺的能力,我虽然无论是先天还是后天,都缺乏这样的能力,但此刻,还是想就第一个论题,从个人的内部切入,谈一点自己粗浅的想法,以此与大家进行交流。

谈到个人内部,我想跟大家讲一讲这个夏秋之际的经历。就在刚刚过去的两个月前的九月十号,我九十八岁的老母去世。母亲一生生了十个孩子,只活了四个,我是母亲唯一的女儿,多年来彼此感情之深切可以想见。可她的弥留之际,我却要去上海参加国际书展,新的长篇小说《后上塘书》由上海文艺出版社出版,书展的活动早早就定下了。那时候母亲已经十几天不再吃饭,只喝少量的椰子粉和冠益乳饮料,可母亲确实等了我,并且一周后我从上海回来,她在不吃不喝的情况下,又奇迹般地和我、和家人陪伴了十七天。她是一个有福的老人，弥留之际儿孙绕膝，第五代孙都能坐在她的怀里握着她的手，可我觉得不是她的儿孙们陪伴了她，而是她陪伴了儿孙。因为在她二十多天加十七天的坚持里，我看到了因她而起的人的心灵的改变，看到了发生在她生命中过去不曾看到的东西，从而感受到母亲与《后上塘书》的奇妙联系。

那心灵的改变，跟我的堂姐有关。她不是母亲的孩子，却每天都来到母亲身边。堂姐是大哥家的常客，当年大哥携母亲把家从乡村搬到小镇，她也把家搬到小镇。她到大哥家串门，是孤独寂寞所至，可正因为常常用串门的方式对抗孤独寂寞，她便掌握了小镇上很多别人不知道的信息，传播信息便成了她的使命，也因此，她很早就知道我会在哪一天不得不暂时离开母亲去上海的信息。那是一个让我特别意外的早上，她不到六点就敲开大哥家门，当她推门进到我和母亲房间，一向只坐在床边的她不由分说就跳到床上，手伸到母亲的肩膀底下，突然哽咽着说："三婶，让惠芬走吧，我来替她，我来赎罪来了。"她的话音刚落，我和她就一起痛哭起来。

我哭，一是我不得不离开母亲，我不想在母亲有限的时光里远离她；二是堂姐的话，触动了我们情感当中一个巨大的隐秘。那是堂姐亲手酿造的隐秘，它并没有随着时间的推移而被大家遗忘，只不过为了保护她，谁也不曾提起。我在长篇小说《上塘书》里写到过，可因为她从不看书，那隐秘也就只在文字里。如今，母亲的最后时光，我在母亲最后时光的离开，使这隐秘昭然若揭，她可能没这个准备，但事情就这样发生了。

那件令人悲痛的巨大隐秘，是十年前，堂姐的母亲不幸去世，她没能为母亲送终。我父亲排行老三，堂姐的父亲排行老二，她的母亲我叫二娘。二娘去世，堂姐不但没去送终，生病卧床半年多，她就没去看过一眼。堂姐的家就在二娘家西院，一墙之隔，堂姐又是个孝顺女儿。可原因正出在她的孝顺上。她因为孝顺,三天两头回家送吃送穿送药,管娘家的事就容易越位,弟媳妇有做不好的地方就指手画脚,结果,你嫁出去的人了还要回到娘家来当家,弟媳不高兴,两人就吵了起来。吵架时,弟媳不但骂了她,还发狠说,你是好样的,就永远别登我的家门。堂姐是大家庭里长大的孩子,从小到大不会骂人,不会说粗话,受不了弟媳言语的粗鲁伤害,这也正是她看不惯弟媳的地方,她不喜欢她在二娘面前骂咧咧说话。最终,为了尊严,为了证明自己是好样的,她真就再没登门。做点好吃的,让孩子或丈夫送过去,二娘能动时,两个人还能隔着墙头相互望一眼,二娘不能动了,这近在咫尺的母女,就隔在了天河两岸。二娘去世,全村人都在期待堂姐的脚步,一些老人进门求她,说看在母亲的面子上,你就让让弟媳,可堂姐愣是咬住了这口气。一些年来,家族里人对堂姐义愤填膺时,我一直努力去触摸堂姐在二娘最后时光里的感受,她也许每天都在等待弟媳来说句小话儿,每天都下决心再等一天,再等一天,只要等到那一天,她就赢了,结果,就把自己逼到了海角天涯。一个孝顺女儿,却不能在母亲病危时环顾床头膝下,堂姐如何吞下这巨大的遗憾和悲痛,十多年来我从没问过。这里边有性格因素,当某种倔强占据理性,感情便悄然退位,但更多的还是源于乡村日子空间的狭小,争一口气往往就是捍卫尊严的有力武器,可身为女儿,我知道总有一天她的感情会覆盖理性,包括一己的尊严,但怎么都不曾想到,这一天会因为母亲而到来。

事实上,二娘若是地下有灵,不一定能原谅堂姐。母亲和二娘是妯娌,妯娌是天敌,母亲和二娘虽然从未打骂过,可在我记忆里,她们一直比着,二娘是镇上人,母亲是乡下人,奶奶给二娘和四婶分过膝袜子时,从没有母亲的;母亲性格好,耐心伺候奶奶,在村子里拥有好媳妇的声誉,可二娘不甘落后,也要把奶奶接到家里去,结果两年不到，奶奶又回到母亲身边。堂姐在二娘临终时为弟媳的一句话绝不登门，却要在我母亲临终时每天环绕左右，这样的赎罪，在二娘看来，没准儿是帮了倒忙。然而，当我看到，在遗憾和悲痛中煎熬十多年的堂姐，终于可以通过伺候我的母亲来向她的母亲赎罪，我的悲痛里，还是有一丝说不出的喜悦。

赎罪、救赎，这是跟心灵有关的词语，它来自西方，它容易让人想到西方的宗教、举行宗教仪式的教堂，我的大姐不懂得宗教，也没去过教堂，可她却说出了赎罪这样的话。从上海回来，我确实看到了堂姐在泪水浇灌下一天比一天地放松、轻盈，然而，在陪伴母亲的十七天里，我不仅仅看到堂姐获救的现实，我还看到了另一个现实。

那现实不是正在发生的现实，是母亲过去的经历，然而想起母亲曾经的经历，却与现实中堂姐与母亲的厮守有关。在母亲的弥留之际，她每当看着堂姐像亲生女儿一样为她按摩，就露出奇怪的眼神，仿佛在责备我们为什么要连累外人。母亲把堂姐看成外人，你自然就会想到母亲和堂姐的关系，就会由这种关系想到母亲悲痛的过去。

那悲痛发生在母亲生我之前。我有一个六岁的姐姐，因吞了一只鞋扣不幸身亡。那时母亲生了许多孩子，只活了三个儿子，好不容易盼来一个女儿，可以想象当时的悲痛。那时乡村医疗落后，不能手术，疼痛的姐姐在炕上趴了三天三夜；那时母亲和二娘住对面屋，二娘却有三个儿子三个女儿，而姐姐的死，又跟二大爷有关，是他在往家挑水时撞倒了姐姐，突然的外力让那只运行到肠管里的鞋扣切断肠子……母亲在向我讲述这个故事时，从不忘说一句，你二娘那时天天哼小调……悲痛还不够，还要接受人性的挑战……在许多场合，我都说起过母亲痛失姐姐的不幸和迎接而来的挑战，可是，我的想法，只到挑战为止，从没想过母亲在经历了那样的挑战之后，救赎自己的出口在哪里？

在母亲的弥留之际，想起这个故事，我突然就沉到母亲曾经的现实里,当她唯一的女儿以那样暴烈的方式死亡,她在忍受悲痛之余,是否会想到上苍为什么对她如此不公,是否会由不公想到自己或前辈有没有做过伤天害理的事?因为因果报应,是我们信仰的起点和终点,于是我就想,在我童年的记忆里,母亲一直沉默、忍耐、任劳任怨,这样的形象,除却性格因素,是不是她救赎自己的结果?当她不能像大姐那样找到一个赎罪的出口,是不是她把一生都当作了一个出口,或者,一次次救起自己,又一次次被风霜雪雨覆盖,最终,母亲知道付出、忍耐,是生命中须臾不可离开的事情?!

母亲后来又生了我,是又生了我,抚平了她曾经的创伤和悲痛,可她从没因此而有半点侥幸,永远谦卑谦让,永远小心翼翼……

在我以往的认知里,我只把这归结于性格,归结于传统文化的影响,似乎尊崇"生死有命、富贵在天"的命运法则,是血液里自在的东西,它自然而然就生成了销蚀苦难和痛苦的力量,而很少想到,人在苦难的深渊里挣扎,没有任何人能逃脱因果报应的追问,而只要打开在因与果胁迫下一直下沉的幽暗通道,就有可能看到上升的光辉和希望,看到人对于人性的超越可能。

在母亲的弥留之际,当我触及到母亲和二娘之间微妙而尖锐的关系,深陷母亲当时的情感深渊,我再一次真切地发现,救赎、忏悔,这个有着西方色彩的心灵事物,也从来都是中国人的心灵事物,只是它不发生在教堂,不需要借助仪式,它发生在我们漫长的生活中,它的救,由赎开始,而赎,不是一时一事的祈祷和忏悔,而是永不停歇的付诸行动,它伴随着人的一生,直到最后的终点。就像母亲,在她人生的终点,她的目光从未有过地安详,她的表情从未有过地幸福,她的容颜从未有过地漂亮、美丽……

巨大的社会变革,为我们身边的现实带来了深刻的改变,在我母亲居住的楼房的对面,有猪肉庄、羊汤馆,有洗浴中心、饭店,乡村人纷纷涌进小镇，涌进城市，可每天看着来来往往的人群，我知道有一样东西从不曾改变过，那就是人的自我救赎，因为苦难从未因为文明和进步就远离人的生活，就像堂姐并没因为离开乡村、离开她的弟媳而轻松自在，就像母亲并没因为有了我而放弃对她自身的约束……

  这就是我刚刚经历的现实，当救赎这样的心灵事物通过堂姐和母亲来到我的生活中，我的经验里，又有了另一个维度。事实上，也是自从 2011 年有过一场关于乡村自杀的调查，这样的经验就来到了我的写作中，只是堂姐和母亲又进一步丰富了它，拓展了它。或许，对堂姐的敏感，对母亲的敏感，正来自于那场自杀调查的启发。但不管怎样，我都感谢我的乡村，我的故土，我的亲人，它们一直是我取之不尽的创作源泉。

（在首届博鳌文学论坛的演讲）
2015 年 11 月 3 日于大连家中